COLLECTION FOLIO

Jean Anouilh

L'Arrestation

PIÈCE
EN DEUX PARTIES

La Table Ronde

L'Arrestation a été représentée pour la première fois à Paris le 20 septembre 1975 au théâtre de l'Athénée, dans une mise en scène de JEAN ANOUILH et ROLAND PIÉTRI, décors et costumes de JEAN-DENIS MALCLES, avec, par ordre d'entrée en scène : JACQUES FRANÇOIS, DIDIER VALMONT, RAYMOND BUSSIÈRES, MARIANNE PERNETY, ANNETTE POIVRE, NICOLE VASSEL, GÉRARD PICHON, JEAN-SIMON PREVOST, JACQUES DANNOVILLE, GENEVIÈVE BRUNET, MARIE-JOSÉ MARTEL, ANNICK ANSELME, ROBERT LOMBARD, GENEVIÈVE FONTANEL, CLAUDE DAUPHIN, MADELEINE BARBULÉE, MARIFA DANSET, FABIENNE LANSON, YSÉ LOUIS, ROGER DESMARE.

Jean Anouilh est né en 1910, à Bordeaux. Il a été secrétaire de Louis Jouvet avant de devenir auteur dramatique. Sa première pièce, *L'Hermine,* a été écrite en 1932. Depuis, Jean Anouilh n'a cessé d'enrichir le répertoire dramatique, avec une œuvre qu'il classe en « pièces roses », « pièces noires », « pièces grinçantes », « pièces brillantes », « pièces costumées »...

PERSONNAGES

L'HOMME.
LE JEUNE HOMME.
LE PETIT.
LE COMMISSAIRE.
LE VEILLEUR DE NUIT.
LE CONCIERGE.
LES MUSICIENS.
ALBERTO BACHMAN.
LA MÈRE.
LA JEUNE FEMME.
LA GRAND-MÈRE.
LES ENFANTS.
LA PETITE FILLE.
LA VIEILLE. } même
LA FILLE DE LA CATHÉDRALE. } personnage.

Un garçon, une vieille femme, les enfants du bal, des clients.

PREMIÈRE PARTIE

Le hall sombre d'une sorte de grand hôtel de province avec des prétentions architecturales, mais tout cela vieilli, délabré, un peu minable. Un air d'usure sous de vieilles dorures et des motifs de stuc écaillé.

On entend une vague musique qui joue un morceau de genre.

Entre un homme d'une cinquantaine d'années suivi d'un jeune homme ; tous deux en imperméable.

Seul le jeune homme porte un petit sac de voyage.

L'HOMME, *s'arrête et regarde le décor comme un peu troublé.*

Voilà. C'est là.

LE JEUNE HOMME, *neutre.*

Oui c'est là.

L'HOMME

Il n'y a personne, mais c'est bien là. Le concert du soir n'est pas terminé. J'entends l'orchestre dans le kiosque du parc. *(Il écoute un peu.)* Ils jouent toujours la même musique un peu ridicule. C'est curieux que le Casino soit encore ouvert début octobre. Ils ont dû prolonger la saison. Les curistes coloniaux — et il y en avait beaucoup ici autrefois — ont toujours préféré ces dernières semaines de l'été. Je ne sais pas si cela a changé depuis que nous n'avons plus de colonies... *(Il erre un peu dans le décor et s'arrête soudain devant un grand miroir au cadre doré surchargé, il murmure encore, se regardant :)* Quelle gueule !... Tous les miroirs, à partir de quarante ans, sont redoutables, mais particulièrement ceux où l'on s'est vu jeune homme. J'ai passé une grande partie des étés de mon enfance et de mon adolescence ici. *(Il s'est retourné vers le jeune homme qui est resté un peu en arrière, son sac de voyage à ses pieds.)* Il n'y avait qu'un taxi à cette heure tardive dans cette petite gare et vous avez été vraiment très aimable de m'inviter à le partager.

LE JEUNE HOMME, *neutre.*

C'était la moindre des choses. Je venais également ici.

L'HOMME

J'avais eu un accident stupide, ma voiture était inutilisable. Et comme je me suis aperçu que j'étais très près de cette petite ville d'eaux, j'ai pensé que ce serait une bonne idée de passer ici ces deux jours qu'ils me demandaient pour la réparation. *(Il explique.)* Ils ont dû téléphoner à Paris pour se faire envoyer les pièces nécessaires. C'est toujours en province qu'on est en panne et c'est toujours à Paris que sont les pièces, vous ne l'avez pas remarqué ? Je ne pouvais espérer qu'un dernier train, avec deux correspondances incertaines, et j'aurais très bien pu être coincé dans cette petite gare sinistre de chef-lieu de canton, à sept kilomètres d'ici... où il n'y avait bien entendu qu'un seul taxi à cette heure tardive... Et vous étiez déjà dedans... Vous avez été très aimable.

LE JEUNE HOMME, *neutre.*

C'était la moindre des choses, puisque je venais également ici.

L'HOMME

Une cure tardive, comme mes coloniaux d'autrefois ?

LE JEUNE HOMME, *fermé.*

Ma femme et ma petite fille sont ici.

L'HOMME *s'exclame encore, regardant autour de lui.*

Bon Dieu ! Moi, cela fait près de trente ans que je n'y suis pas revenu ! J'étais un jeune homme la dernière fois, mais j'en avais surtout gardé mes impressions d'enfant. Tout était plus luxueux, plus vaste dans mon souvenir. En vérité c'est un peu minable et de proportions plus modestes que je ne le pensais.

LE JEUNE HOMME, *neutre.*

C'est une réaction classique. Question d'échelle, sans doute.

L'HOMME

Ou d'imagination... Les savants ont fait des études très sérieuses pour tenter de nous expliquer ce que pouvait être le monde à travers les yeux aux mille facettes d'une mouche... Ils n'ont jamais songé à utiliser cette admirable rigueur scientifique pour nous dire ce qu'était le monde à travers les yeux d'un enfant. La science a tendance à leur préférer les mouches.

LE JEUNE HOMME *a un sourire.*

Heureusement peut-être...

L'HOMME *sourit aussi.*

Sans doute, heureusement pour eux.

Il marche encore un peu dans la vaste pièce, touche un objet, étonné.

C'est étrange, c'est comme une plongée sous-marine... Nous oublions ce que nous avons été et nous vivons ensuite auprès de nos propres enfants sans essayer de les connaître. Nous essayons seulement de les dresser à être nous, en réduction. Et puis, passé le tournant, quand on a vu pour la première fois le regard calme et patient de la mort qui attend, on se met soudain à les regarder attentivement. Vous verrez.

Il le regarde encore, sourit.

Il vous faudra attendre longtemps encore... Vingt-cinq, vingt-six ans ?

LE JEUNE HOMME

Vingt-sept.

L'HOMME

A votre âge, les enfants sont encore des petits ennemis encombrants et irréductibles. Et puis trente ans plus tard, on les regarde. Trop tard, généralement. Ce sont les enfants des autres qu'on regarde... Et on se met, par la même occasion, à regarder le monde à travers leurs yeux. Ce sont nos maîtres. Eux seuls savent encore ce qui est important. Ils nous apprendraient tout si nous les écoutions. *(Il murmure encore :)* Trop tard. *(Il ajoute étrangement :)* Dieu sait si, avec la vie que j'ai menée, j'ai été loin d'eux ! Mais, maintenant, si quelque circonstance m'obligeait à choisir un métier simple, je crois bien que je me ferais instituteur. *(Il ajoute avec un sourire :)* Dans les toutes petites classes bien entendu, car ils deviennent très vite des imbéciles et des monstres, eux aussi...

Entre le vieux gardien de nuit traînant ses savates.

Ah ! Voici enfin quelqu'un. Ce château hanté n'est pas absolument endormi. Je vais peut-être pouvoir avoir une chambre. *(Il va au garçon.)* Est-ce que vous auriez une chambre, pour une nuit ou deux ? Je suis de passage...

LE GARÇON *va à son tableau.*

Certainement, Monsieur... En cette saison on est au large ici. Je pourrais vous donner le 27 si vous voulez.

Une belle chambre à deux lits, avec une grande salle de bains ; un peu à l'ancienne, bien sûr, comme tout ici, un peu sombre, mais très vaste...

L'HOMME *a un sourire.*

Je sais. J'ai connu toutes vos chambres...

LE GARÇON

Ah ! si Monsieur connaît la maison ! Le 27 donne sur le parc, juste au-dessus du kiosque. Monsieur, le soir, en s'endormant, pourra écouter l'orchestre, s'il aime ça...

L'HOMME

C'est exactement ce qu'il me faut.

LE GARÇON, *prenant au tableau la clé à la lourde boule de métal.*

Alors je vais conduire Monsieur. Monsieur n'a pas de bagages ?

L'HOMME

Non.

LE GARÇON

Monsieur s'inscrira demain. Il n'y a plus personne à la réception. Je ne pense pas qu'il y ait urgence.

L'HOMME

Non.

Ils s'en vont par le grand couloir sombre.
L'homme demande en partant :

C'est l'orchestre dans le kiosque du parc, qu'on entend ?

LE GARÇON

Non, Monsieur. Le service est terminé depuis plus d'une heure. Les musiciens sont partis. C'est ma radio que je mets en sourdine. Vous savez, les veilleurs de nuit, ça s'endort comme tout le monde...

Ils ont disparu dans l'ombre.
Le jeune homme n'a pas bougé. La musique s'est arrêtée à la radio. On entend la voix d'un speaker :

LA RADIO

Information-flash. Frédéric Walter dit « l'Homme invisible », l'homme dont personne n'a jamais vu le vrai visage, qui venait de réussir son dix-septième hold-up dans un établissement bancaire d'une grande ville du centre a pu être intercepté par la police. Après une vive fusillade où il a blessé grièvement deux inspecteurs, le bandit a réussi à prendre la fuite à bord d'une voiture volée en emmenant le conducteur sous la menace de ses armes. La police organise des barrages sur toutes les routes de la région. Aux dernières nouvelles le propriétaire de la voiture aurait été retrouvé indemne, en bordure d'une forêt du département voisin. « L'Homme invisible » court toujours.

Une jeune femme est entrée en déshabillé, cheveux défaits, le jeune homme arrête la radio où la musique a repris.

LA JEUNE FEMME

Tu es revenu ?

LE JEUNE HOMME

Oui.

LA JEUNE FEMME

Pour repartir demain, après nous avoir fait mal encore, à toutes les deux ?

LE JEUNE HOMME

Je voulais te revoir.

LA JEUNE FEMME

Regarde-moi. Elle n'est pas belle, hein, ta femme ? Moi aussi, j'ai horreur des larmes. Cela rend laid.

LE JEUNE HOMME, *sourdement.*

Je voudrais que nous montions dans la chambre.

LA JEUNE FEMME

Tu ferais mieux d'en demander une autre.

LE JEUNE HOMME, *sourdement, répète.*

Je voudrais que nous montions dans la chambre.

LA JEUNE FEMME

Te faire consoler d'être parti ?

Il ne répond pas. Elle a un pauvre petit sourire, un geste las pour remonter sa mèche et lui montrer le couloir où elle le précède. Il ramasse son petit sac et la suit silencieusement.

La scène reste vide un instant, puis les musiciens de l'orchestre entrent, revenant de leur promenade du soir.

C'est un groupe vulgaire, bruyant, haut en couleurs. Au début, ils parlent tous en même temps et on ne sait pas au juste qui a dit ce qu'on entend.

Ils sont curieusement habillés à la mode des années 30.

LES MUSICIENS

— Eh bien, voilà notre petit tour de parc terminé !

— C'est excellent ! ça fait dormir.

— C'était très animé ce soir le patelin ! Nous avons rencontré un ivrogne, deux agents cyclistes et deux chiens !

— Montés l'un sur l'autre ! Tu exagères ma chérie, ça n'en faisait qu'un !

— En tout cas on s'est bien amusé à les encourager... Tu crois qu'ils aiment ça les chiens, qu'on les regarde ?

— Tu sais, il n'y a pas que les hommes qui sont vicieux !

— Ah l'amour, l'amour !...

— Écoutez-les ! Vous avez le feu au derrière toutes les deux !

— A qui la faute ? Plus personne pour l'éteindre ici, en fin de saison !

— Ah bon Dieu, oui, quel trou !

— Oh ! je vous en prie, pas de jeux de mots !

— Il y en a qui ont vraiment l'esprit mal placé !

— Quel trou ! quel trou ! quel trou ! Ah ! mes enfants, quand je pense qu'il y a deux ans je faisais la saison au casino de Dieppe ! Voilà un endroit gai !

— Que veux-tu, on prend ce qu'on trouve !... Avec leurs airs américains qui gagnent de plus en plus de terrain, les beaux jours du symphonique sont comptés ! Il faudra s'y mettre au jazz, comme les autres !

— Jamais !

— Et c'est pour ça qu'on a gagné la guerre ! Le boche paiera, il disait Poincaré ! Oui, mais en attendant, les Américains nous prennent tout ! Il n'y en a que pour eux !

Quelqu'un chante, se déchaussant, déjà affalé sur un fauteuil du hall.

— « It's a long way... to Tipperary... »

QUELQU'UN *lui crie, exaspéré.*

Mais non ! C'étaient les Anglais qui chantaient ça !

La conversation générale continue en même temps.

UNE FILLE

N'empêche que je faisais la saison à Cauterets en 18 ! On les envoyait se reposer là-bas par bataillons entiers. Ils avaient réquisitionné le casino pour le Y.M.C.A. C'était tout de même de bien beaux gars ! Et toujours du chocolat, du chewing-gum, des cigarettes ! Et tous millionnaires on croyait. Forcément des Américains ! Toutes les filles de l'orchestre étaient comme folles !

UN VIEUX MUSICIEN

Ça a dû faire du joli !

LA FILLE

Vous savez un orchestre de femmes au milieu d'une armée au repos... il faut tout de même comprendre la vie...

LA VIEILLE MUSICIENNE

Allez ! On va tous aller au dodo comme des petits enfants bien sages !

LE VIEUX MUSICIEN

Tous au four ! Cuits ! Cuits !

LA FILLE

Ça va mieux maintenant, mais en plein mois d'août, ce qu'on a pu crever dans leur chambre !... J'avais beau dormir toute nue !

LA VIEILLE MUSICIENNE

Ils vous disent logés au Casino, à l'Agence ; mais ils ne vous disent pas que c'est dans les chambres de bonnes !

LE VIEUX MUSICIEN

Si au moins, il y avait eu des bonnes ! Penses-tu ! Toutes logées en ville, dans leur famille ! Et il n'y a rien de plus triste, qu'une chambre de bonne — sans bonne !

On s'esclaffe.

UNE FILLE *crie, s'en allant,*
enlaçant sa copine.

Vieux dégoûtant ! Vous ne pensez qu'à ça tous les deux !

LE MUSICIEN

Il n'y a pas que nous !

LA FILLE

Il y a tout de même un âge !

LE MUSICIEN

Mais non ! Il n'y a pas d'âge !

QUELQU'UN, *montant.*

Et pour l'eau courante, tu peux toujours courir !

LES MUSICIENS

— Oh joli ! Te fatigue pas : il est minuit !
— Et les cabinets sur le palier !
— Ça ce n'est pas le plus désagréable !
— Cochon ! Je suis sûre que c'est vous qui avez fait un trou dans la porte !
— Non ! Il y était ! Quelqu'un y avait pensé avant moi !
— Nous traiter comme ça ! On est des artistes tout de même !

LA VIEILLE MUSICIENNE

Fini tout ça ma chère ! Autrefois on était respectés. Moi qui vous parle, j'ai joué devant Monsieur Delcassé à une fête de charité, et il nous a toutes baisé la main à la fin du concert. J'avais fait une omelette à l'oignon au dîner. Ce que j'ai pu avoir honte, ma petite !

LE VIEUX MUSICIEN, *montant, à l'autre.*

Tu t'en tapes tout de même une petite dernière avec moi avant de dormir ? J'ai un reste de cognac dans ma chambre...

L'AUTRE MUSICIEN

On y va. Mais deux sous le point, pas plus !

UNE FILLE

Oh ! vous et vos cartes !

LE VIEUX MUSICIEN

C'est de notre âge. Tout le monde ne peut pas faire l'amour !

UNE VOIX *isolée,*
pendant qu'ils s'en vont.

Moi, ce soir, je vais me laver les pieds...

Ils sont tous montés.

Une jeune femme, la mère, est restée seule avec un homme maussade affalé dans un fauteuil.

LA MÈRE

Tu ne montes pas ?

ALBERTO

Tu vois, pas tout de suite. Je fume.

LA MÈRE

Il faut que j'aille voir si le petit dort.

ALBERTO, *agacé.*

Ce que tu peux être agaçante avec ton môme !

LA MÈRE

Tu sais bien qu'il est nerveux et qu'il ne peut pas s'endormir tant qu'il ne sait pas si je suis rentrée...

ALBERTO

Penses-tu ! C'est toi qui le réveilles exprès. Et en attendant qu'il se soit rendormi le chéri, et que vous ayez fini vos bécots, moi je poireaute dans ma chambre !

LA MÈRE

Tu comprends bien que je dois prendre beaucoup de précautions avec lui ! Il est déjà si bizarre !... Il se doute de quelque chose. Boude pas mon gros loup !

Elle a une petite caresse à sa tête, il se dégage.

ALBERTO

Ce que tu ne te doutes pas, toi, c'est que le gros loup, il en aura marre un de ces jours.

LA MÈRE, *éperdue.*

Alberto, mon grand chien !

ALBERTO

Un cocu, bon. On sait à qui on a affaire. On lui fait sa partie de cartes, on lui tape sur l'épaule, on l'écoute raconter sa guerre : c'est le jeu ! Mais une petite graine de cocu comme ça qui vous surveille à longueur de journée !

LA MÈRE

C'est plutôt gentil qu'il soit jaloux de sa maman !

ALBERTO, *ricane.*

C'est tellement touchant que j'en chiale ! Allez, monte le voir ton lardon.

LA MÈRE

Si tu avais eu un enfant toi-même !...

ALBERTO

Parle pas de malheur ! Monte, je te dis. *(Il enlève ses chaussures, dégrafe son col, étalé.)* C'est très joli vos petites promenades du soir, mais moi, j'ai les pieds en compote.

LA MÈRE *se rapproche, tendre.*

On était bien pourtant, ce soir, dans le parc des Arènes, en arrière des autres, tous les deux... *(Elle a une petite caresse à son cou.)* Tu te rappelles le soir où tu m'as prise dans l'herbe derrière les rhododendrons, pendant qu'ils admiraient la lune du haut du petit promontoire... Ce qu'on a bien joui, ce soir-là !

ALBERTO, *maussade.*

Eux aussi, comptes-y !

LA MÈRE, *effarouchée.*

Ils nous voyaient, tu crois ? Mais le vieux Cambo n'a pas cessé de parler tout le temps, il leur expliquait les cratères !

ALBERTO, *ricane.*

Les cratères, oui ! Ah, ce que tu peux être naïve ma pauvre poule ! Un conseil : méfie-toi des contrebassistes. C'est tous des vicieux. Je suis sûr qu'il te met la main aux fesses dans les couloirs, ce vieux croulant ?

LA MÈRE

Pas plus qu'une autre ! Tu vois le mal partout. A tout à l'heure mon grand chien ! Dès qu'il dort, je gratte à ta chambre.

ALBERTO, *maussade.*

A tout à l'heure...

Elle fait un pas, hésitante, revient.

LA MÈRE

Je n'aime pas te laisser tout seul. Tu n'as pas un rendez-vous, tout de même ? Tu es tellement salaud, toi, avec les femmes !

ALBERTO

Monte, je te dis ! Avec qui veux-tu que j'aie rendez-vous ? Il n'y a plus que des poux, ici. On voit bien que c'est la fin de la saison.

LA MÈRE *se précipite soudain et plaque sa bouche goulûment sur la sienne.*

Mon grand chien ! C'est fou ce que je t'ai dans la peau, toi !

Pendant qu'elle est plaquée à lui, l'homme est redescendu. On ne sait pourquoi, il a comme un haut-le-corps en les voyant enlacés. Elle sent sa présence, elle a un petit cri léger, se détache et s'enfuit.

L'homme a eu le temps de dire :

L'HOMME

Excusez-moi. *(Il regarde un instant le musicien sans bouger, quelque chose d'hostile dans son regard. Il dit enfin :)* Excusez-moi. Le bar est fermé à cette heure-ci ?

ALBERTO

A partir d'onze heures du soir tout est toujours fermé, ici. C'est un trou. Le plus profond des trous. Mais il paraît que ça vous débarrasse des colibacilles. Curiste ?

L'HOMME

Non. Je suis de passage.

ALBERTO

Alors un conseil, passez vite ! On devient cinglé, ici.

L'HOMME

Vous vous y soignez ?

ALBERTO

Pas la colibacillose : une autre maladie chronique : le boulot ! Je suis un musicien de l'orchestre. Je fais la saison. Heureusement que ça se tire ! Plus que quinze jours. Remarquez que si j'avais pas décroché une saison d'hiver, c'était le chômage. Il y a de moins en moins d'orchestres de brasserie, à Paris... *(Il se relève soudain mondain et tente de se présenter.)* Mais on cause, on cause... Alberto Bachman... *(Il attend un peu comme si l'homme allait lui dire son nom. L'homme ne dit rien, il enchaîne.)* Si on peut réussir à trouver deux verres quelque part, j'ai toujours une fiasque de cognac sur moi. Il faut bien soigner son rhume ! On s'en jette un petit ensemble ? C'est si emmerdant d'aller se coucher !...

L'HOMME

Je veux bien.

Il est seul un instant, impénétrable, pendant qu'Alberto va chercher les verres. Il ramasse l'écharpe de la mère oubliée sur un fauteuil et la respire furtivement.

Alberto revient.

ALBERTO, *revenant avec les verres, le voit l'écharpe à la main.*

C'est l'écharpe de ma poule... Elle l'a oubliée en montant. Les femmes oublient tout. Une fois, j'ai eu une amie qui avait oublié sa culotte dans le taxi. Au moment de payer, en arrivant au Kursaal, à Ostende, pour le service de cinq heures, je l'aperçois sur la banquette. Je la fourre dans ma poche, je cavale, j'étais en retard. Il faut vous dire qu'on jouait au milieu du public, sur une estrade. Des gros Belges guindés. On était en août ; je ruisselais — je transpire toujours beaucoup en jouant. C'était un arrangement de Verdi. Au moment où la chanteuse poussait son grand air, dans l'émotion générale, je veux m'essuyer la figure en douce avec mon mouchoir ; je tire la culotte ! *(Il rigole.)* J'ai cru qu'on en crèverait tellement on rigolait tous ! Et ça a gagné le public. Il n'y avait que la chanteuse qui ne comprenait pas et qui roulait ses mirettes en beuglant son grand air. On a bien failli se faire foutre tous à la porte ! C'est pour vous dire que les femmes, ce n'est pas sérieux. A la vôtre !

L'HOMME

A la vôtre. On doit avoir la vie facile dans votre métier ?

ALBERTO

Il faut être franc, ce n'est pas l'usine. On est assez libre entre les services — des petits estivants, quoi, nous aussi ! Des facilités pour baiser, d'accord. La cliente qui s'ennuie en vacances ; elle pense tout de suite au musicien. Remarquez que comme on est plus ou moins collés dès le début avec une fille de l'orchestre, ça fait plutôt des pataquès... A la fin de la saison on ne peut plus se voir. C'est rare qu'on ne se bouffe pas le nez. Mais on repart avec une autre formation et ça recommence... C'est la vie, quoi !

L'HOMME

Et la musique ?

ALBERTO

Au début, jeunots, comme tout le monde, on croit à la lune. Tous des petits Rubinstein en puissance ; on croit qu'on donnera des concerts. Et puis après, on racle, quoi !... On couche et on racle — on dépense tout ce qu'on gagne à se fringuer élégant — forcément, dans les villes d'eaux, mêlés aux clients. On se saoule un peu, on joue un peu aux cartes avec les copains... La vie passe. Mais qu'est-ce qu'ils font de mieux les autres ?

L'HOMME *demande, étrange.*

Et l'amour ?

ALBERTO *ricane.*

Vous connaissez, vous ?

L'HOMME

J'ai été un peu indiscret tout à l'heure, j'ai entendu, malgré moi, la fin de votre conversation. Elle est mariée ? Elle a un enfant ?

ALBERTO

Oui. Elle fait des saisons pour arrondir le ménage. Le mari a une toute petite situation. Elle avait fait du piano, jeunette, gentiment, un prix au Conservatoire de Montluçon. Alors, pendant la guerre, pendant que l'autre faisait le zouave à Verdun, pour cinq sous par jour, elle s'est mise au métier. Et après la guerre, elle a continué. L'habitude de l'indépendance. Et puis ça fait prendre l'air au mignon qui était un peu fragile des bronches, les saisons balnéaires, tous les étés... Mais ne me parlez pas des femmes mariées ! Ce sont les plus emmerdantes. Une paire de fesses qui vous plaît, on sent tout de suite qu'on pourrait causer — elle est joliment roulée et bonne travailleuse au lit — et puis après on a le môme sur les bras, comme si on était papa soi-même ! Merde ! Très peu ! Enfin ! Encore quinze jours et je m'évapore dans la nature. J'ai trouvé un engagement d'hiver à Menton.

L'HOMME

Et elle ?

ALBERTO, *allègre.*

A Paris, avec le papa. Le morveux, il va à l'école, Dieu merci.

L'HOMME, *le scrute étrangement et demande.*

Il vous en veut, le petit ?

ALBERTO

Oui. C'est déjà cocu en herbe. Ça renifle tout, tout le temps. Ah ! ses mirettes à celui-là ! Vous le verrez demain peut-être... Toujours posées sur vous sans rien dire... On a beau dire que ce n'est qu'un môme, on en serait presque gêné... *(Il s'arrête gêné soudain.)* Mais je vous raconte tout ça... Après tout je ne vous connais pas...

L'HOMME, *tranquillement.*

Il faut bien parler...

ALBERTO, *vaguement gêné soudain, sous le regard de l'homme.*

Encore une goutte ?

L'HOMME, *refusant avec un sourire.*

Merci.

ALBERTO

Vous avez raison. Après, le matin, on a la langue lourde... *(Il range son flacon dans sa poche-revolver et se lève.)* Au dodo ! L'inconvénient du métier c'est qu'on a le godet un peu facile. Forcément. Celui qui est en usine ou au bureau il a moins d'occasions que nous. Allez je monte ! Le môme se sera rendormi. Elle prétend qu'il l'attend tous les soirs, le nez dans son oreiller, pour sentir son odeur, avant de s'endormir vraiment. Ce que ça va chercher les femmes ! Ça a besoin de compliquer tout ! Après elle file en chemise, et elle se glisse chez moi.

L'HOMME

Et il ne se réveille jamais, le petit ?

ALBERTO

Si une fois, il l'a cherchée partout. Il est venu jusqu'à la porte. On l'entendait respirer derrière. Et puis il est reparti se coucher. Elle lui a dit qu'elle avait été aux cabinets. Pendant deux nuits, elle a plus osé bouger... Vous parlez de complications ! Pour un môme ! Ah ! les femmes, ça ne peut rien faire simplement. Allez, ciao ! A demain peut-être, à l'heure de l'apéro, si vous êtes encore là ?

L'HOMME

Certainement. Je compte rester un peu ici.

Alberto est parti par le grand couloir sombre.

L'homme est resté seul immobile.

Le vieux veilleur de nuit passe sur ses savates, faisant sa tournée, éteignant quelques lumières.

L'homme s'installe dans un fauteuil dans la pénombre. Soudain, il se dresse : la jeune femme en déshabillé traverse le hall, courant comme une folle et sort dans le parc.

Bientôt le jeune homme paraît, à demi dévêtu lui aussi et se jette à sa poursuite dans le parc. On l'entend crier : « Anne-Marie ! Anne-Marie ! »

L'homme regarde la scène, tendu. On entend encore des cris : « Laisse-moi ! Laisse-moi ! Je te dis de me laisser ! Brute ! sale brute ! Tu me fais mal ! »

Le jeune homme réapparaît, portant dans ses bras la jeune femme qui se débat, sanglotante, et le griffe au visage.

Épuisé, il la jette dans un fauteuil où elle se recroqueville, farouche, le regardant, debout devant elle, le regard fou.

LA JEUNE FEMME

Laisse-moi. Laisse-moi. Je veux mourir.

LE JEUNE HOMME

Et la petite ?

LA JEUNE FEMME

Tu l'as déjà laissée. Ma mère la prendra. Elle sera très heureuse avec elle. Plus qu'avec nous.

LE JEUNE HOMME, *après un silence angoissant.*

Tu ne peux pas rester en chemise, recroquevillée dans ce fauteuil, dans le hall de l'hôtel, en pleine nuit. Remontons dans la chambre.

LA JEUNE FEMME

Pourquoi remonter ? On va la réveiller et elle se mettra à sangloter en nous écoutant nous disputer. Laisse-lui au moins sa nuit tranquille, à elle.

LE JEUNE HOMME

Nous tâcherons de ne plus nous disputer. Nous

allons nous coucher l'un à côté de l'autre et essayer de dormir.

LA JEUNE FEMME

Tu sais bien que nous ne le pourrons pas. Pourquoi es-tu revenu ?

LE JEUNE HOMME

Je ne pouvais pas te laisser seule.

LA JEUNE FEMME

Et l'autre non plus, tu ne peux pas la laisser seule ? Tu es mal parti, mon pauvre garçon, toi qui as horreur des larmes.

LE JEUNE HOMME, *sourdement.*

Laisse-moi un an. Laisse-moi quelques mois, je reviendrai.

LA JEUNE FEMME

Tu en aimes une autre.

LE JEUNE HOMME, *sourdement.*

Je ne l'aime pas. C'est toi que j'aime.

LA JEUNE FEMME

Tu en désires une autre, si tu veux. Pour moi c'est pareil.

LE JEUNE HOMME, *sourdement soudain.*

Je t'ai trompée déjà, d'autres fois, avec des filles de rencontre, sans te le dire. Cela n'avait rien empêché. Les femmes ne peuvent pas comprendre. Elles mettent tout sur le même plan. Je revenais entre vous deux et ma patrie était là.

Il y a un long silence où ils sont immobiles, l'un en face de l'autre, et puis la jeune femme commence soudain, d'une étrange petite voix calme :

LA JEUNE FEMME

Je ne sais pas pourquoi j'ai voulu aller me jeter à l'eau, elle est si froide et si noire la nuit — et d'ailleurs je sais très bien nager. Je ne sais pas pourquoi j'ai voulu mourir, puisque je suis déjà morte.

Il y a un court silence et elle continue de la même petite voix :

C'était tout simple, au fond. J'étais une jeune fille de province qui étouffait un peu dans sa famille. Je suis partie avec toi, contre tout le monde ; tu m'as fait un enfant et tu m'as épousée. Tu m'as donné deux ans de bonheur et puis je suis morte... C'est ça, les vies !... Je vais retrouver ma mère, sa belle maison de la Grand-Rue, où les armoires sentent bon, ses relations à qui je servirai le thé dans le grand salon vert, aussi sagement qu'autrefois. Je vais commencer ma vie de morte, voilà tout. Je reviendrai peut-être même ici, un été, dans très longtemps, pour me souvenir, avec maman et les enfants grandis. *(Elle ajoute, légère :)* Parce que, je ne te l'avais pas encore dit, pour ne pas embrouiller encore ta pauvre tête, mon pauvre garçon : j'en attends un autre... *(Elle dit encore, nette :)* Pour celui-ci, ça sera plus simple ; il n'aura pas à te regretter comme la petite : on ne lui parlera jamais de toi. Tu vois, je suis calme... Je remonte. Quand tu remonteras, tâche de ne pas faire de bruit pour ne pas réveiller la petite...

Elle s'est levée et a disparu silencieusement.
Le jeune homme n'a pas bougé.
L'homme doucement dans l'ombre, murmure :

L'HOMME

Je me mêle peut-être de ce qui ne me regarde pas...

LE JEUNE HOMME *tressaille.*

Vous étiez là ?

L'HOMME *s'avance.*

Oui ; excusez-moi ; j'écoutais malgré moi. *(Il répète doucement :)* Ne faites pas ça.

LE JEUNE HOMME, *comme un somnambule.*

J'aime une autre fille, qui est probablement une putain. Mais je ne savais pas ce que c'était l'amour.

L'HOMME, *doucement.*

Ne faites pas ça. Ça rate toujours.

LE JEUNE HOMME, *comme pour lui.*

J'étouffais... Ce petit bonheur... ça ne pouvait pas être ça, ma vie.

L'HOMME, *doucement.*

Si. Cela pouvait être ça.

LE JEUNE HOMME

Cela poisse la tendresse. On est tout gluant.

L'HOMME, *net.*

Oui. Et sans elle, après, on meurt, lentement.

LE JEUNE HOMME, *violent.*

Eh bien je paierai ! Je paierai tout !

L'HOMME, *doucement.*

Très cher. Et il n'y a pas que vous qui paierez. Je sais bien que les conseils, cela ne veut rien dire. Passé cinquante ans, on est tous de vieux gangsters ; on a tout fait — et on est recherché par toutes les polices. On n'a même plus assez de temps devant soi pour purger toutes les années de cabane qu'on mérite, si on se fait prendre. Et on s'en fout. Mais les larmes d'un seul enfant innocent, qu'on n'avait même pas vu couler, à l'époque, on ne s'en fout plus, mystérieusement. Et c'est pour cela qu'on meurt mal.

LE JEUNE HOMME, *dur.*

J'ai le temps.

L'HOMME

Ça va très vite.

LE JEUNE HOMME *le regarde et lui crie.*

Je ne vous connais pas après tout !

L'HOMME

Non. Nous nous sommes seulement rencontrés à la gare.

Le jeune homme le regarde encore, puis sort rapidement.

Le vieux garçon est revenu silencieusement sur ses pantoufles avec sa lampe. Il avise l'homme dans l'ombre, qui paraît ne pas avoir bougé.

LE GARÇON

Monsieur est encore là ? Monsieur rêve ?

L'HOMME

Pas sommeil.

LE GARÇON

Les coloniaux de l'ancienne clientèle, eux aussi, ils avaient du mal à s'endormir... Il y en avait toujours un pour me faire la causette, tard le soir... J'ai connu des gens intéressants à l'époque, qui avaient de grosses situations à Madagascar ou en Algérie... C'est fini tout ça ! Maintenant l'Hôtel du Casino n'est plus aussi bien fréquenté. Forcément, avec les assurances sociales, le pauvre aussi fait des cures... Remarquez que les eaux minérales, ça ne faisait déjà rien aux riches, autrefois. Alors, aux pauvres, avec leurs vraies maladies, vous pensez !... Enfin ! Tout ça, c'est le progrès ! Je vous parle du temps où il y avait encore un orchestre au Casino ; juste après la première guerre mondiale... Cela a été cahin-caha jusqu'à Munich... Ah ! ces musiciens ! Des drôles de cocos, ceux-là ! Quel ramdam la nuit !... Surtout à leur étage... On les logeait aux chambres de courriers, au sixième... Je vous jure que ça grouillait dans les couloirs, après minuit... Le curiste, lui, il était moins porté sur la chose — forcément... Il pensait davantage à sa petite santé. Quoique j'en aie connu... des coloniaux, précisément... L'habitude des femmes de là-bas sans doute ?... Et puis, après quelques galopades en chemise, tout ça finissait tout de même par s'endormir — et le veilleur de nuit pouvait s'offrir sa petite ration personnelle, incognito... La petite envie, on s'en fait un monde, mais c'est bien discret chez la plupart ! Et puis, le sommeil aussi c'est bon ! C'est la petite mort, on s'entraîne... On oublie tout. Une dernière porte qui grince, un dernier baiseur clandestin qui regagne son lit tout frais — tout heureux, au fond, de retrouver son dodo tout seul, comme lorsqu'il était petit — et la nuit reprend son silence, de grosse bête assoupie... Juste un gros soupir, qu'on sait pas d'où il vient de temps quand elle se retourne sur elle-même... Ça vit aussi, la nuit... Seulement il n'y a que le veilleur de nuit qui s'en rende compte — avec quelquefois un client, comme vous, qui attendait que l'angoisse s'en aille... *(Il ajoute mystérieusement :)* Il s'en passe de drôles, que personne ne sait, Monsieur, la nuit... A cette époque-là, vers les trois heures — je vous parle des années qui ont suivi la première guerre, quand il y avait encore des musiciens à demeure ici — il m'arrivait d'entendre comme un pas de souris... C'était un môme... Le fils de la pianiste. Il était un peu somnambule. Il y avait quelque chose qui ne tournait pas rond pour lui. Il apparaissait en chemise, il allait jusqu'à la porte-fenêtre du parc que je laissais toujours grande ouverte l'été, il regardait un peu la nuit, et puis il allait se recroqueviller dans un fauteuil. Une lubie, quoi ! Moi, j'osais rien dire. On m'avait dit que les somnambules, il ne fallait pas les déranger, que ça risquait de leur faire mal... Je crois surtout qu'il était malheureux, ce petit-là... Pas méchante sa mère, elle le soignait bien, elle l'aimait bien — toujours ses petites chaussettes blanches bien propres, ses petits cols de chemise bien repassés, mais elle courait un peu, quoi ! Et ça l'avait tourneboulé, le petit. J'ai lu un article très documenté là-dessus — un client qui avait oublié une revue médicale — il paraît que les enfants ça les dérange et qu'ils traînent ça toute leur vie... Je me demande ce qu'il a bien pu devenir, celui-là, en grandissant ? Peut-on savoir ? Enfin, chacun il a à porter sa besace... Si c'est pas ça c'est autre chose... Moi non plus, j'ai pas été tellement heureux, petit... (*Il bafouille encore.*) Quoi qu'on dise... Et puis à la longue...

Il parlait de plus en plus lentement, sa voix meurt. C'est le silence et bientôt on n'entendra plus que sa respiration régulière. Il s'est endormi.

L'homme a gardé les yeux ouverts dans l'ombre. Au bout d'un moment, on entend un petit bruissement ; une petite silhouette blanche paraît au bout du couloir sombre.

C'est un petit garçon d'une dizaine d'années, en longue chemise de nuit. Il va jusqu'à la porte-fenêtre, regarde un peu la nuit, puis il va se recroqueviller dans un fauteuil, où il ne tarde pas à s'endormir.

L'homme le regarde de loin dans l'ombre. Au bout d'un moment, il se lève, va le couvrir de son imperméable et il s'accroupit au pied du fauteuil, le regardant dormir.

On n'entend plus que la respiration régulière du veilleur de nuit.

La lumière baisse peu à peu, jusqu'au noir.

Quand la lumière revient, c'est un petit matin blafard. Il y a seulement un timide rayon de soleil dans le parc.

L'homme a passé la nuit endormi dans un fauteuil, le veilleur de nuit dort aussi, affalé sur sa table. Le petit garçon n'est plus là. Mais l'imperméable de l'homme est resté par terre au pied du fauteuil.

Surgissent du couloir sombre les deux vieux musiciens, ridiculement harnachés pour la pêche. Ils ont l'air bien vivants.

On entend vaguement grésiller la radio qu'a oubliée le veilleur de nuit. Après un peu de musique, la leçon de gymnastique commence sur un air cocasse.

PREMIER MUSICIEN

Tu vas à la pêche ?

DEUXIÈME MUSICIEN

Non. Je vais à la pêche !

PREMIER MUSICIEN

Ah bon ! Je croyais que tu allais à la pêche !

Ils sont passés rigolant.

L'homme s'éveille. Le veilleur de nuit se réveille aussi et le voit :

LE GARÇON

Tiens ! Monsieur a passé la nuit dans le fauteuil ?

L'HOMME

Oui. J'ai fini par m'endormir là.

LE GARÇON

Il fait frisquet ce matin ! On voit que c'est déjà octobre ! *(Il range ses petites affaires.)* Moi je vais laisser la place à mon collègue. Un bon café et au dodo ! Chacun son tour, je reprends à deux heures. Monsieur n'a besoin de rien ?

L'HOMME

Non merci. *(Il demande :)* Qu'est-ce qu'il fait là, ce jeune homme d'hier soir avec sa jeune femme ?

LE GARÇON

Ils sont arrivés début septembre. La cure pour elle, qu'ils disaient. Mais le garçon avait l'air de bien connaître le coin. Une fois il m'a dit qu'il était déjà venu ici, petit. On a bavardé ensemble de ce temps-là, mais moi je ne me souvenais pas très bien. Vous savez un gamin, près de vingt ans plus tard !... Et puis il ne donnait pas trop de détails, il est plutôt distant. A part ça, c'est un petit couple sympathique. Seulement, entre nous, je crois qu'il y a de l'eau dans le gaz. Ça ne s'entend pas fort le ménage. Lui, il doit avoir une autre poule quelque part. Il va, il vient. Si c'est pas malheureux à cet âge !... On a bien le temps de se tromper et de se manger le nez plus tard, quand ça commence à sentir le renfermé le soir au lit ! Ça avait tout pour être heureux : l'amour, la jeunesse, la santé et une belle petite... C'est surtout triste pour la môme, comme toujours. On fait les zigotos et l'addition, c'est les enfants qui la règlent ! C'est ça, la vie... Et c'est pas nous qui y changerons quelque chose !

Le concierge de jour est entré sur ces entrefaites, important, c'est un homme plus jeune.

LE CONCIERGE

Bonjour, Joseph.

LE GARÇON

Bonjour, Monsieur Léon.

LE CONCIERGE

Tout est en ordre ?

LE GARÇON

Tout est en ordre, Monsieur Léon.

LE CONCIERGE

Alors bonne nuit.

LE GARÇON

Façon de parler ! Il va faire un beau petit soleil ce matin.

Il est sorti.

On entend vaguement la leçon de gymnastique à la radio sur la musique.

LE CONCIERGE

Monsieur est arrivé cette nuit ?

L'HOMME

Oui.

LE CONCIERGE

Monsieur désire peut-être son petit déjeuner dans le hall ? Le service des cuisines commence à sept heures et quart... Je ne vois pas la fiche de Monsieur. Mon collègue a dû négliger de la lui faire remplir hier soir... si Monsieur veut bien se donner la peine... C'est une formalité, mais la police est très stricte dans ce petit pays où, pourtant, il ne se passe rien. Peut-être parce qu'il ne se passe rien... Ils vont venir du commissariat vers les huit heures pour relever les fiches...

L'homme s'est levé nonchalamment. Il a pris son stylo et commence à remplir la fiche.

On entend la radio grésiller. La musique s'est arrêtée. On entend : « Et maintenant, voici notre premier bulletin d'informations de la journée. A vous, Philippe Fessard ! ».

LA VOIX, *gaillarde et vulgaire.*

Ici Philippe Fessard ! Bonjour mes amis ! Eh bien pas grand-chose de nouveau ce matin, à l'horizon de l'actualité... Frédéric Walter, l'homme invisible, dont personne n'a jamais vu le vrai visage, l'homme aux dix-sept hold-up, qui avait réussi à s'échapper hier en blessant grièvement deux inspecteurs court toujours, malgré les barrages de police établis sur toutes les routes de la région... Au Conseil des ministres d'hier, on n'a pas beaucoup avancé non plus, constatent les quotidiens du matin. « Stagnation et confusion », titre *L'Aurore*...

LE CONCIERGE *arrête la radio.*

Je demande pardon à Monsieur. Ça le trouble peut-être pour écrire... Mon collègue laisse son appareil branché toute la nuit sur les routiers. La nuit, n'est-ce pas, il ne risque pas de déranger le client. Merci, Monsieur. Dès l'ouverture des cuisines, je ferai servir Monsieur. *(Il demande soudain important, après avoir jeté un coup d'œil sur la fiche.)* Eggs and bacon, sir ?

L'HOMME, *surpris.*

Non, pourquoi ? Du café.

LE CONCIERGE, *confus.*

Excusez-moi, Monsieur. Comme le nom de Monsieur avait une consonance britannique, je pensais... Notre clientèle est internationale, n'est-ce pas ? *(Il tient la fiche.)* Suis-je bête ! Nationalité française. Du café et du pain au beurre, Monsieur ?

Il a disparu par une petite porte d'office.

L'homme regarde encore autour de lui, comme étonné de retrouver ce décor dans l'éclairage nouveau du matin.

Dans le porte-parapluies près de l'entrée, il avise une balance à écrevisses. Il la prend, la regarde attentif, il s'accroupit comme pour pêcher sur le tapis.

Soudain, il voit le petit garçon qui est entré silencieusement, debout devant lui.

L'HOMME *a un sourire.*

C'est à toi le filet ?

LE PETIT

Oui, Monsieur.

L'HOMME *le lui rendant gentiment.*

Je te demande pardon. Puisqu'il est à toi, et pas à moi, je te le rends... *(Il ajoute cocasse, se relevant.)* D'autant plus que sur le tapis, on n'en prend pas beaucoup ! Moi aussi, petit, j'aimais bien pêcher les écrevisses. Seulement il faut se lever de bonne heure !... Tu vas en pêcher, ce matin ? Tu ne m'emmènerais pas avec toi par hasard ? Ça me rappellera le temps où j'étais petit ?

LE PETIT, *toujours grave, il ne sourit jamais.*

Si vous voulez.

L'homme lui tend la main, le petit lui donne la sienne en le regardant, grave, ils s'en vont la main dans la main vers le petit matin du parc.

L'HOMME, *l'emmenant, demande.*

Tu es ici avec ton papa et ta maman ?

LE PETIT

Pas mon papa, non. Il est resté à Paris, il travaille. Je suis le fils de la pianiste...

L'homme le regarde sans rien dire.

Comme ils vont sortir, surgit une sorte de clocharde sans âge, en vieux peignoir de pilou, mais chapeautée d'un invraisemblable bibi et chargée de cabas.

L'homme et le petit se sont arrêtés et la regardent s'avancer timidement vers la porte.

Le concierge surgit et va à elle, furieux.

LE CONCIERGE

Ah te voilà, toi ! Je t'avais interdit de passer par le

hall ! File à la porte des cuisines, ils te les donneront, tes restes !

LA VIEILLE, *avec un mélange de rouerie et de timidité.*

C'est encore fermé, chef.

LE CONCIERGE, *l'empoignant.*

Reviens plus tard. Allez ouste ! Il ne faut pas que les clients te voient...

LA VIEILLE *gémit, minaudante.*

Ça demande tôt, les minets !

LE CONCIERGE

Tu en as toujours autant, vieille cinglée ?

LA VIEILLE

Trente-deux maintenant, chef !... C'est que ça se reproduit ces petites bêtes ! *(Elle découvre un sourire sans dents avec une sorte de grâce effroyable.)* C'est l'amour, chef ! Vous n'y croyez pas à l'amour, vous, chef ?

LE CONCIERGE

T'approche pas, tu pues !

LA VIEILLE, *ouvrant ses grands yeux fardés avec une grâce enfantine.*

Moi chef ? Comme vous êtes mauvaise langue... Je me suis inondée de parfum... Un vieux fond de « Nuits de Cuba » qu'une femme de chambre allait jeter à la poubelle...

LE CONCIERGE

C'est dessous le parfum que ça pue !... Bon Dieu ! Comment peut-on se laisser aller comme ça ? Tu n'as donc pas de dignité ?

LA VIEILLE, *avec une sorte de dignité soudaine.*

Si vous aviez eu mes malheurs, chef !... D'ailleurs l'après-midi, fardée, avec tous mes bijoux, je ne crains personne !... J'ai été une beauté, moi ! J'ai même eu un prix international sur la Côte... « Les plus belles fesses de Nice » qu'ils ont dit... J'ai été une pionnière de strip-tease ! Rita Zoum ! Vous avez jamais entendu parler ?

LE CONCIERGE, *la poussant gêné devant l'homme.*

Oh, ça va ! Avec ton éternel boniment ! C'est pas de mon temps, j'étais trop jeune !

LA VIEILLE *minaude à l'homme, découvrant sa bouche sans dents.*

Comme il est grossier avec les dames !

LE CONCIERGE

En tout cas, je ne comprends pas qu'ils te laissent entrer à la roulette !

LA VIEILLE *digne, à l'homme qui la regarde, pétrifié.*

Le matin, tout le monde se néglige plus ou moins, n'est-ce pas, Monsieur ? Mais quand je reviens jouer l'après-midi, je suis propre ! Une cliente comme les autres. Et ma petite martingale, c'est de ça que je vis ! Chacun a le droit de vivre, non ? Ce n'est pas parce que j'ai trente-deux chats et que je viens demander les restes, le matin aux cuisines... C'est ma vie privée ! Cet après-midi, avec mes dentelles, vous me reconnaîtrez pas !

LE CONCIERGE *rigole, ignoble.*

A l'odeur si ! Allez file : ils ont ouvert. Si c'était moi, même avec ta robe de dentelles, je te jure bien que tu la franchirais pas la porte des salons ! La direction, elle a trop de faiblesses avec toi !

LA VIEILLE *minaude un sourire sans dents.*

Moi aussi, j'en ai eu pour elle autrefois... C'est peut-être pour ça !

LE CONCIERGE, *vexé.*

Je veux pas le savoir ! C'est pas mes oignons. Moi, j'applique la consigne. Allez ouste ! File aux cuisines, les clients ils t'ont assez vue !

Il l'a empoignée brutalement, elle se dégage et avec une sorte de grandeur, soudain, elle lui jette :

LA VIEILLE

Pauvre loufiat ! Et ça fait le plongeon quand on lui donne cent sous ! Tu les veux tes cent sous, larbin ?

LE CONCIERGE, *hors de lui, mais tout de même gêné par la présence de l'homme.*

Je te dis de filer maintenant, tu entends ? Ou je fais un rapport à la direction !

LA VIEILLE

Vous savez que c'est interdit de tutoyer les clients ?

LE CONCIERGE

Les clients ça !

LA VIEILLE

A trois heures, avec ma robe de dentelles et tous mes diamants, à l'ouverture des salles, comme les autres ! Tenue correcte : c'est affiché, c'est tout ! Ce n'est pas parce que je viens le matin pour mes chats... *(Elle dit dignement à l'homme en partant.)* Excusez-moi, Monsieur, mais cet établissement n'est plus ce qu'il a été.

Elle s'en est allée traînant la jambe avec ses cabas informes par les jardins.

LE CONCIERGE, *hors de lui.*

Si c'est pas malheureux de voir ça ! Que Monsieur m'excuse, si c'était moi qui commandais ici ! Mais ça fait plus de trente ans que cette personne vient à la station... Il paraît qu'elle a eu son temps de splendeur, alors on la tolère... Elle vit dans une cabane à lapins, tout au bout de la ville, avec une trentaine de chats... Je ne sais pas comment elle se débrouille hors saison, quand l'établissement est fermé. Sitôt qu'on reprend, elle est là ; dès l'ouverture des salles de jeu, presque propre... Mais que voulez-vous, en haut lieu, on la tolère... On l'a toujours vue ici et il paraît qu'elle y a laissé des fortunes, dans l'établissement...

L'HOMME, *rêveur.*

Elle a dû être très belle, autrefois...

LE CONCIERGE

C'est ce qu'elle dit !

L'HOMME, *au petit garçon.*

Tu viens ? Le ruisseau à écrevisses, c'est toujours le petit à droite, après le bois de châtaigniers, sur l'ancienne route de Guéret ?

LE PETIT, *étonné.*

Oui. Vous avez déjà pêché ici ?

L'HOMME

Autrefois.

Ils se sont éloignés, la main dans la main ; on les perd dans le parc.

Un homme d'un certain âge, bien rasé, l'air d'un petit fonctionnaire, est descendu dans le hall.

Le concierge s'empresse.

LE CONCIERGE

Ah bonjour, Monsieur le Commissaire principal ! Cela va bien ce matin, Monsieur le Commissaire principal ?

LE COMMISSAIRE

Comme un homme à la retraite... On croit qu'on va se reposer : c'est éreintant de ne rien faire. Quelle foutaise la vieillesse ! On s'endort toute la journée et la nuit on ne dort plus...

LE CONCIERGE

Faites pas le coquet ! Vous avez l'air encore gaillard Monsieur le Commissaire principal... Rose comme un jeune homme !

LE COMMISSAIRE

Je bichonne le portrait : bien forcé. Mais il faut me voir au réveil, pas rasé. Tout cela se fripe terriblement ! Vous avez écouté les informations à la radio, tout à l'heure ?

LE CONCIERGE

Non. J'avais un client.

LE COMMISSAIRE

Il court toujours, l'homme invisible... Ils me font rigoler ! Walter... C'est moi qui l'ai arrêté la première fois, il y a près de trente ans... Après, quand il s'est tiré de cabane et qu'il a recommencé à courir, j'étais déjà à la retraite... Et les collègues ils ont commencé à se faire baiser régulièrement par lui...

LE CONCIERGE, *pour lui faire plaisir.*

Un drôle de client !

LE COMMISSAIRE

Une tête bien faite. Elles sont rares — dans tous les milieux. Il m'a donné du fil à retordre, mais j'aimais ça ! Il n'était pas de ceux à qui on tire les vers du nez, le lascar ! Et moi j'ai toujours travaillé les mains propres. Même pas la lampe ! Tout ça c'est des trucs qu'ils ont vus au cinéma... Les questions, c'est tout. Seulement il faut savoir les poser. Ça a été une jolie partie de ping-pong. Vous me croirez si vous voulez, mais j'y allais avec gourmandise, le matin, aux interrogatoires... On avait fini par s'estimer mutuellement, on se saluait les jolis coups ! Cela m'a fait presque un peu triste à la fin, quand je l'ai eu, de le voir partir, menottes aux mains, pour le compte, je croyais, entre ces deux connards qui ne lui arrivaient pas à la cheville !... Il y a tout de même une hiérarchie des êtres ; les critères sociaux n'ont rien à y voir.

LE CONCIERGE, *tout miel.*

J'étais jeune, mais je me souviens. Ça a fait du bruit à l'époque, Monsieur le Commissaire principal !

LE COMMISSAIRE

Le premier policier de France, qu'il m'a dit, le ministre, en me félicitant ! Et puis voilà... La retraite... Mais, détail amusant, c'est comme ça que j'ai connu la station et que je suis devenu client. « Pourquoi pas ! Si vous croyez aux cures... », m'a dit mon médecin. C'est psychologique, ça aussi !... *(Il rit, un peu rêveur.)* C'est vrai ; tout est psychologique, même l'honnêteté. J'étais venu enquêter sur lui ici ; parce qu'il y avait vécu longtemps tout môme et qu'il y était revenu avec sa jeune femme, quelque temps avant son coup... Il y a des lieux qui vous attirent, comme ça. J'ai toujours pensé qu'il y reviendrait. J'y ai établi ma souricière et je l'ai piqué là, dans le hall de l'hôtel... Je m'attendais à la brute habituelle : pas du tout, un monsieur ! Je me suis toujours demandé ce qui avait pu le pousser à passer la barrière...

LE CONCIERGE *qui ne comprend pas.*

La barrière ?

LE COMMISSAIRE

Oui. La barrière qui sépare ceux qu'on appelle les honnêtes gens des autres... Bien fragile, vous savez, la barrière, quand on a fait ce métier quarante ans ! Je crois surtout que les honnêtes gens ce sont ceux qui n'osent pas. Mais pour les envies, on en est tous au même point. Quel est celui d'entre nous qui n'a pas tué au moins une fois en idée — ne serait-ce que sa femme ou sa belle-mère ? Seulement il y en a qui le font vraiment. Lui, le geste, il l'avait fait et il était pourtant aussi innocent qu'un autre. Seulement, mon métier, c'était de le coincer. Une vilaine arme, l'intelligence. Vous n'avez jamais remarqué ?

LE CONCIERGE, *ingénu.*

Non. Je n'ai pas eu l'occasion.

Le Commissaire s'est levé. Il a jeté un coup d'œil vers la salle à manger.

LE COMMISSAIRE

Ils commencent à descendre à la salle à manger... Ils me rasent, les gens bien. Vous ne voulez pas demander qu'on me serve mon café sur la terrasse ?

LE CONCIERGE, *s'empressant.*

Entendu, Monsieur le Commissaire principal !

Le Commissaire est sorti.

Le concierge aussi, d'un autre côté.

Une famille bourgeoise surgit, harnachée d'écharpes, de cannes et d'appareils photo.

La vieille mère, une jeune femme l'air triste et fatigué, on ne le remarquera pas tout de suite, mais c'est la jeune femme qu'on a vue en déshabillé, elle a seulement les cheveux relevés et tirés, ce qui doit suffire à lui donner son âge; elles sont suivies de deux adolescents ingrats, un garçon et une fille, l'air ennuyé.

LA GRAND-MÈRE *a été jeter un coup d'œil à la porte de la salle à manger.*

Naturellement ! Ils disent sept heures et quart, et on ne sert pas encore. Que nous rations notre car de huit heures pour Le Puy, ils s'en moquent !

LA JEUNE FEMME

Ils vont certainement servir tout de suite, maman.

LA GRAND-MÈRE

Ils vont servir tout de suite en lambinant, comme d'habitude, et nous raterons notre car ! Et tu verras que l'eau du thé ne sera même pas bouillante ! Cet établissement n'est plus ce qu'il a été. *(Elle s'exclame.)* C'est un comble ! La porte de la salle à manger est fermée à clé !... Pour qui nous prennent-ils ? Ils croient qu'on va leur voler leur argenterie ?

LA JEUNE FEMME

Ne t'impatiente pas, maman.

LA GRAND-MÈRE

Tu as remarqué que le garçon qui nous sert à table avait un pansement au pouce ? Il le trempait dans le potage, hier soir !

LA JEUNE FEMME

Il s'était coupé aux cuisines. Il l'a dit aux enfants.

LA GRAND-MÈRE

Espérons que ce n'est pas un panaris ! Tu as lu dans le *Courrier du Centre* qu'il y avait toute une famille empoisonnée par des gâteaux à Montluçon, parce qu'un aide-pâtissier, qui avait un panaris au doigt, avait travaillé à la pâte ? Estimons-nous heureux si nous ne nous retrouvons pas tous à l'hôpital !

LA JEUNE FEMME, *avec une infinie patience.*

Je ne crois pas que ce soit le cas, maman.

LA GRAND-MÈRE

On dit que je suis pessimiste, mais crois-tu que la vie ne le soit pas ? Avec tous les malheurs que nous avons eus ! Je me demande bien pourquoi tu as voulu revenir ici. Finalement c'est un établissement de second ordre !

LA JEUNE FEMME, *fermée.*

J'ai voulu revenir ici, parce que j'y avais été heureuse, un été. *(Elle ajoute :)* Et puis le docteur Bonfant m'a assuré que cela pouvait être bon pour les enfants.

LA GRAND-MÈRE *a un petit rire aigre.*

Le docteur Bonfant est un aimable incapable ! Tu ne m'ôteras pas mon idée de la tête... Ce pays est sinistre nous aurions mieux fait d'aller me soigner mon foie — à moi — à Vichy ! Et puis, quand son mari vous a abandonnée — et c'est malheureusement ton cas, ma petite, pour notre honte à tous — on ne revient pas sur les lieux du crime !...

LA JEUNE FEMME, *sèche.*

Ce n'est pas un crime que j'ai vécu ici, c'est un de mes seuls étés de bonheur.

LA GRAND-MÈRE, *amère.*

En tout cas tu aurais pu épargner cette épreuve à ta mère ! Quand le directeur, nous reconnaissant, après tant d'années, m'a dit : « Et Monsieur ? » j'ai répondu : « Il est en voyage d'affaires ! » Mais je ne savais plus où me mettre.

LA JEUNE FEMME, *lasse.*

Tu exagères, maman. Cet homme, à qui c'était d'ailleurs égal, t'a sûrement crue.

LA GRAND-MÈRE *hausse les épaules, aigre.*

Toi, tu es une sainte ! Tu excuses tout. Moi j'ai vu son œil. Il n'y a pas que les femmes qui sont abandonnées. On ne pense jamais aux belles-mères ! D'habitude, quand on a un gendre, on peut le montrer ! *(Elle enchaîne.)* Quand je pense que j'ai été assez bête pour me toquer moi aussi de ce petit voyou parce qu'il avait l'air d'un malheureux petit garçon ! *(Elle voit que les enfants écoutent.)* Jean-Christophe, va voir si la porte de la salle à manger est ouverte !

Le garçon se lève de mauvaise grâce et traverse le hall en traînant les pieds.

La grand-mère lui crie :

Et de bonne grâce, s'il te plaît, quand on te demande un service !

LE GARÇON, *de la porte.*

C'est ouvert.

LA GRAND-MÈRE, *se levant.*

Eh bien, c'est heureux ! Passons à table. L'eau du thé sera tiède et si le service traîne comme d'habitude, nous aurons tout juste le temps de rater notre car. Et adieu la cathédrale du Puy !

LA JEUNE FEMMME, *la suivant avec les enfants maussades, traînant les pieds.*

Il n'est que sept heures et demie, maman.

LA GRAND-MÈRE

A ta montre qui ne marche pas. La mienne marche et j'ai trente-cinq. *(Elle jette au garçon en passant :)* On s'efface devant sa grand-mère ! Mais, mon pauvre garçon, ce n'est pas ta faute si tu n'as pas eu de père pour t'apprendre à te conduire comme un gentleman !

LA JEUNE FEMME, *lasse.*

Ne leur répète pas tout le temps cela, maman.

LA GRAND-MÈRE, *aux enfants.*

Naturellement, vous avez oublié vos appareils photos ? Comme toujours, lorsque nous allons en excursion !

LA FILLE, *de mauvaise grâce.*

Non. On les a !

LA GRAND-MÈRE

Eh bien, c'est heureux ! Voilà un jour que nous marquerons d'une pierre blanche... S'il ne nous arrive rien d'autre de désagréable d'ici ce soir. Mais je ne me fais pas beaucoup d'illusions !... Quand on a mis le doigt dans les épreuves, il faut boire la coupe jusqu'au bout. Tu sais que mon notaire ne m'a pas encore répondu ? D'ici à ce qu'il ait levé le pied ! Il est marié et il a cinq enfants, mais il suffit qu'il rencontre une petite garce ! Passé la cinquantaine tous les hommes sont des cochons !

Il sont passés dans la salle à manger.

La scène reste vide un instant, puis la mère paraît en peignoir cherchant ; elle demande au concierge :

LA MÈRE

Vous n'avez pas vu mon fils ? Je l'avais laissé endormi — oui, j'avais été jusqu'à la salle de bains — je reviens : plus personne dans la chambre !

LE CONCIERGE, *de mauvaise grâce.*

Je ne suis pas chargé de le surveiller votre fils ! Il est descendu très tôt ! Il est parti à la pêche avec un client qui lui avait demandé de l'accompagner...

LA MÈRE

Quel client ?

LE CONCIERGE

Vous ne le connaissez pas. Un monsieur qui est arrivé cette nuit.

LA MÈRE, *inquiète.*

Ça avait l'air d'un monsieur bien ? Je n'aime pas beaucoup le laisser aller seul avec des inconnus : il y a tant de vicieux de nos jours !

LE CONCIERGE

Oh ! vous allez chercher loin...

LA MÈRE

Faites l'innocent ! Vous êtes pourtant bien placé, ici, pour les juger, les hommes... Il n'y a qu'à regarder autour de vous... L'écrivain anglais du mois d'août, vous savez, celui qui prenait tout le temps l'ascenseur ; il avait toujours oublié quelque chose dans sa chambre... Eh bien un soir que je descendais par l'escalier, je l'ai vu monter au septième ciel avec le petit liftier ! Quel vieux dégoûtant ! Ils pourraient se les garder en Angleterre.

LE CONCIERGE, *important.*

Dans ma position, on se doit de fermer les yeux. Le client, c'est le client.

LA MÈRE

Oui mais la braguette de vos petits grooms, c'est tout de même vous qui en êtes responsable, non ?

LE CONCIERGE, *excédé.*

Oh, ça va ! Vous n'allez pas me donner des leçons en plus ! Il y a vingt ans que je fais ce métier ! Et d'abord il y en a qui auraient intérêt à la boucler ! Permettez-moi de vous le dire. Si vous ne vadrouilliez pas toutes les nuits dans les couloirs, en chemise, vous ne le retrouveriez pas toujours évaporé, votre môme, quand vous regagnez votre chambre, après vous être fait monter dessus !

LA MÈRE, *hors d'elle.*

Non mais voyez-moi ça ! Des leçons maintenant, espèce de loufiat ! Ma vie privée, ça vous regarde ?

LE CONCIERGE, *nez à nez avec elle.*

Ce qui me regarde, c'est la tenue de cet établissement ! Et d'abord, vous n'y avez pas droit à l'ascenseur, à l'étage des courriers ! Vous devez vous servir du monte-charge, ou de l'escalier de service comme tout le reste du personnel !

LA MÈRE, *les poings sur les hanches.*

Avec les bagagistes, non mais ! Il ne faut pas confondre les torchons avec les serviettes, mon bonhomme ! L'ascenseur, j'en ai fait personnellement la demande à la direction !

LE CONCIERGE *ricane.*

Je la vois d'ici la demande ! Sur le petit divan vert du bureau ?

LA MÈRE *bondit.*

Grossier personnage ! Vous n'êtes que des loufiats et nous on est des artistes !

LE CONCIERGE *ricane encore.*

Des artistes de mon cul, oui !

LA MÈRE, *le prenant au col.*

Ça vous étonnerait de recevoir une beigne en plein milieu du hall, devant tous vos clients ?

LE CONCIERGE, *digne,*
essayant de se dégager.

Essayez donc, pour voir ! Espèce de malapprise !

LA MÈRE

Je vais me gêner peut-être !

Le petit est rentré par le parc, tenant la main de l'homme. Il a regardé la fin de la scène, il crie, désespéré.

LE PETIT

Maman !

La mère se retourne, le voit et bondit sur lui, le houspillant.

LA MÈRE

Ah te voilà, toi ! Je te cherche partout ! Monte tout de suite à la chambre ! Je t'apprendrai moi, à me faire des peurs pareilles ! Tu sais que je t'ai interdit de filer sans m'avertir. Allez monte tout de suite ! *(Elle le gifle.)* Tiens, tu ne l'as pas volée celle-là !

L'HOMME *intervient.*

Nous étions partis à la pêche ensemble, Madame, et nous nous sommes aperçus que nous n'avions pas emporté d'appâts. Nous revenions en prendre...

LA MÈRE, *agréablement surprise par la distinction et l'autorité de l'homme, minaude.*

Ce n'est pas à vous que j'en fais le reproche, cher Monsieur ! Mais ce gamin file toujours sans m'avertir... Excusez ma tenue matinale et mes propos un peu vifs... Mais vous savez ce que c'est qu'une mère, cher Monsieur !

L'HOMME, *gravement.*

Oui, Madame.

LA MÈRE, *minaudante.*

A une très prochaine rencontre. Et dans une tenue un peu moins négligée, je l'espère, cher Monsieur... *(Elle pousse le petit.)* Allez, monte, toi ! Nous nous expliquerons là-haut !...

LE CONCIERGE *l'a regardée sortir, écœuré.*

La sucrée maintenant, la femme du monde ! Et vous l'avez entendue tout à l'heure ? Une marchande de poissons ! Ah ! ces musiciens, quelle engeance ! On ne sait pas ce que c'est : ni lard, ni cochon ! la direction aurait dû penser à ne pas les mélanger aux clients... Mais la direction est faible, Monsieur !... Il suffit qu'on tortille un peu du train devant elle, pour obtenir toutes les faveurs... Ce n'est pas à moi de le dire, mais cet établissement n'est plus tenu, comme il l'a été autrefois ! Il aurait fallu voir du temps de l'ancienne direction, que les musiciens se mêlassent...

L'HOMME *a un sourire.*

Les mœurs évoluent...

LE CONCIERGE

Peut-être, mais pour quelqu'un qui aime son métier, Monsieur, c'est dur ! Je vais demander le déjeuner de Monsieur, que Monsieur ne m'a pas laissé le temps matériel de lui faire servir tout à l'heure...

Il a disparu par sa petite porte d'office.

Le Commissaire est apparu sur le seuil avec sa pipe. Il fixe l'homme, souriant.

LE COMMISSAIRE

Beau temps.

L'HOMME

Oui.

LE COMMISSAIRE

Je finissais mon café sur la terrasse. On est beaucoup mieux au soleil.

L'HOMME, *toujours souriant.*

Oui. Demain, je m'y ferai servir aussi.

LE COMMISSAIRE

Le petit coin, du côté des Thermes. C'est là que le soleil vient d'abord le matin. Vous connaissez ?

L'HOMME

Oui.

LE COMMISSAIRE *a un sourire.*

Quand on fréquente un établissement depuis longtemps, on y a ses petites habitudes.

L'HOMME, *toujours calme.*

Oui.

LE COMMISSAIRE

C'est l'heure de ma cure... Et rien ne nous presse, n'est-ce pas ? Mais je me réjouis beaucoup de notre petite conversation demain matin. Cela nous rappellera le bon temps.

L'HOMME

Oui.

LE COMMISSAIRE

On attache toujours une importance exagérée au présent. On s'agite et, pour finir, nous ne vivons que de souvenirs, comme si les faits, de même que certains plats cuisinés, n'étaient vraiment bons que réchauffés. Le moment nous file entre les doigts, informe, et c'est après, quand tout se remet en ordre, qu'on le déguste... Et rarement dans l'ordre chronologique — qui est une belle foutaise des hommes, vous ne trouvez pas ?... A demain. Ou à tout à l'heure peut-être... Finalement on tourne en rond ici, entre le parc et le casino et on se rencontre toujours...

Le jeune homme est descendu, seul. Il s'arrête, voyant le Commissaire.

Le Commissaire les regarde un instant tous les deux, l'œil aigu, puis il tourne les talons et s'en va tranquillement par le parc.

L'homme et le jeune homme sont l'un en face de l'autre, ils se regardent longtemps comme étonnés ; finalement le jeune homme rompt le charme le premier.

Il va au portemanteau, prend son imperméable, qu'il avait laissé là la veille et sort rapidement.

Le concierge qui était revenu à son comptoir murmure comme pour lui :

LE CONCIERGE

Il a pris son imperméable et pourtant il ne pleuvait pas ce jour-là.

L'homme est resté seul regardant droit devant lui.

L'éclairage est devenu bizarre, hors du temps, le concierge est figé.

On entend l'orchestre fantomatique qui joue dans le kiosque du parc un air démodé qu'on a déjà entendu par bribes et qu'on entendra souvent.

L'homme écoute un peu et murmure :

L'HOMME

Cette marche ridicule...

LE CONCIERGE, *au loin comme pour lui.*

« Washington Post »... On ne jouait que ça à l'époque...

Quelques mesures encore puis la musique meurt et la lumière redevient peu à peu réelle.

La réalité nous est d'ailleurs donnée par la voix du concierge qui répond au téléphone, bien vivante :

LE CONCIERGE

Neuf heures vingt-deux, Madame la Comtesse. Entendu Madame la Comtesse. Je vous envoie tout de suite un chasseur, Madame la Comtesse !

La famille bourgeoise a fait une entrée lasse, découragée, encombrée de sacs de papier.

Elle s'affale au complet, de mauvaise humeur, sur des fauteuils, non loin de l'homme.

LA GRAND-MÈRE

Je vous l'avais dit qu'on raterait le car et qu'il nous faudrait attendre celui d'onze heures et demie ! Mais on ne m'écoute jamais !

LA JEUNE FEMME

Mais si maman ! D'ailleurs nous l'aurions eu si la petite n'avait pas oublié son appareil-photo sur la table de la salle à manger...

LA GRAND-MÈRE, *amère.*

Je l'avais prédit ! Il fallait s'y attendre. Ces enfants ne font que des bêtises ! Comme si le chauffeur n'aurait pas pu ralentir ! Je lui faisais des signes avec mon parapluie depuis la place de l'Église ! Je me suis tordu la cheville en courant ! Je suis tout enflée. Cela va être gai, l'excursion ! Et naturellement pour se faire donner des pique-niques ici, ça a été la croix et la bannière... On n'avait pas prévu ! *(Elle fourrage dans son petit carton, maussade.)* Deux œufs durs et une cuisse de poulet froid ! Nous sommes privés de dessert. Ah, si ! Ils ont tout de même mis une pomme ! Et bien entendu des serviettes en papier ! Avec le prix de pension qu'ils demandent !

LA JEUNE FEMME

Nous devions déjeuner au Puy. Nous aurions dû les avertir hier soir, maman. Tu sais bien qu'ils demandent toujours qu'on les avertisse la veille...

LA GRAND-MÈRE

Ces gens-là sont là pour nous servir ! Avec tout l'argent qu'on leur donne on a le droit de se décider au dernier moment. Le car d'onze heures et demie nous mettra là-bas à trois heures ; nos œufs durs avalés dans les cahots, sans boire, par cette chaleur et le car de retour est à cinq heures moins le quart. A cause de cette petite imbécile, nous allons faire près de trois cents kilomètres pour n'avoir le temps de rien voir !

LA JEUNE FEMME

On peut remettre à demain, maman.

LA GRAND-MÈRE

Demain il pleuvra.

LA JEUNE FEMME

Qui te fait dire ça ?

LA GRAND-MÈRE

Ma jambe. *(Elle ajoute, ricanant.)* Et les pique-niques ? Nous les mangerons sur un banc, dans le parc ? Nous n'avons plus droit au déjeuner maintenant !

L'HOMME *s'approche.*

Veuillez excuser mon indiscrétion, Mesdames, j'écoutais malgré moi votre conversation. Mais il se trouve que j'avais eu la même idée d'excursion que vous et que j'avais commandé une voiture — où je vais me trouver très au large... Accepteriez-vous éventuellement de la partager ?

LA GRAND-MÈRE, *minaudante soudain.*

Oh ! Monsieur... Nous sommes confuses, ma fille et moi, de votre amabilité ! Mais je sais pas si nous pouvons accepter... Nous ne nous connaissons pas...

L'HOMME *a un sourire.*

Je ne suis arrivé que d'hier au soir, c'est vrai... Mais si j'étais là depuis huit jours nous serions sans doute de vieux amis... On se lie vite, entre curistes, dans ces petites villes d'eaux désertes...

LA GRAND-MÈRE *minaude.*

Il est vrai que les relations intéressantes sont bien rares en cette saison ! Ce serait en effet possible — n'est-ce pas Anne-Marie ? — puisque Monsieur a l'amabilité... Mais à frais communs, Monsieur, j'y mets cette condition !

L'HOMME

Il n'en est pas question, Madame, je vous invite. De toute façon j'avais loué cette voiture...

LA GRAND-MÈRE, *tout de suite vaincue.*

Vous êtes vraiment trop aimable et nous sommes confuses, ma fille et moi, de votre amabilité...

L'HOMME

Je pense que la voiture sera là d'un moment à l'autre... *(Il se retourne vers la jeune femme.)* Vous avez là de charmants enfants, Madame... Quel âge ont-ils ?

LA GRAND-MÈRE

Quatorze et seize ans. *(Aux enfants :)* Saluez, vous, quand on vous parle !

Les enfants se lèvent de mauvaise grâce et saluent.

L'homme les regarde un moment en silence et répète :

L'HOMME

Quatorze et seize ans.

LA GRAND-MÈRE *demande, mielleuse.*

Vous êtes un papa, vous-même ?

L'HOMME, *réservé.*

Oui. Mais je vis séparé des miens.

LA GRAND-MÈRE, *ne sachant que penser prend à tout hasard un air attristé.*

Hélas ! La vie est quelquefois cruelle... Nous-mêmes, Monsieur...

LA JEUNE FEMME *l'arrête soudain.*

Maman !

LE CONCIERGE *s'avance.*

La voiture est là, Monsieur.

L'HOMME, *se levant.*

Si vous voulez vous donner la peine, Mesdames...

LA GRAND-MÈRE, *passant, minaudante.*

Nous ne savons comment vous remercier, Monsieur... Cette journée qui s'annonçait maussade pour nous va, grâce à vous, se terminer dans le charme !...

L'HOMME, *sortant le dernier.*

Il ne faut pas me remercier, Madame... C'est un grand plaisir pour moi. La solitude est quelquefois très lourde à porter...

Pendant qu'ils sortent, on entend la voix de la grand-mère qui roucoule : « Ah, la solitude, la solitude cher Monsieur ! Je le dis souvent moi-même à ma fille... » Sa voix s'est effacée. Ils sont sortis.

Le Commissaire surgit et appelle le concierge.

LE COMMISSAIRE

Léon !

LE CONCIERGE, *s'empressant.*

Monsieur le Commissaire principal ?

LE COMMISSAIRE

Voulez-vous me commander un taxi tout de suite ? J'ai envie d'aller faire un petit tour au Puy.

LE CONCIERGE

Ah ! Monsieur le Commissaire principal : la cathédrale ! On ne se lasse pas de la revoir.

LE COMMISSAIRE, *fermé, regardant les autres qui s'éloignent dans le parc.*

Comme vous dites...

LE CONCIERGE

J'appelle tout de suite la voiture, Monsieur le Commissaire principal ! *(Il est retourné dans sa boîte, on l'entend téléphoner :)* Allô ! Les taxis ? Ici l'Hôtel du

Casino et des Bains. Je voudrais une voiture pour Le Puy... Non... Non... Une autre voiture... C'est un autre client qui veut y aller aussi...

La lumière baisse et dans la pénombre le décor se transforme, des ombres tirent les meubles, certains éléments montent aux cintres, d'autres en descendent; les colonnes stylisées du hall se mélangent à d'autres colonnes et, peu à peu, la cathédrale surgit : des chaises, des prie-Dieu, un bénitier au fond, un tombeau dans un coin avec un gisant de pierre.

On est dans une contre-allée près d'une chapelle latérale où brûlent des cierges autour d'une statue de la Vierge qui brille vaguement dans l'ombre.

On a entendu un harmonium lointain pendant le changement, qui s'affirme maintenant.

La lumière revient, avare.

Un couple surgit de l'ombre, marchant lentement. C'est l'homme et la jeune femme. Ils semblent visiter, ils parlent sans se regarder.

LA JEUNE FEMME

Et puis il est parti avec cette fille qui était très belle et qui lui a fait faire des bêtises... Ils ont fini par se faire prendre et malheureusement, quand on a intercepté la voiture avec laquelle ils s'enfuyaient, ils ont tiré, tous les deux... Et je me suis retrouvée définitivement seule. *(Elle dit, étrange après un petit temps :)* Je me demande pourquoi je vous raconte tout cela. Je ne vous connais pas. Mais maman est si bavarde ! Elle avait commencé à vous dire des histoires si bêtes, j'aime mieux la vérité. Je n'ai pas peur de la vérité.

L'HOMME *murmure après un petit temps.*

Comment a-t-il pu ?

LA JEUNE FEMME, *lointaine.*

Il était très jeune !

Elle ajoute soudain, plus vraie.

Il étouffait un peu avec nous, vous savez. Il nous aimait, la petite et moi — mon fils n'était pas encore né quand il nous a quittés, il n'a jamais connu son père — il nous aimait, j'en suis sûre, mais il étouffait, voilà ! Et puis elle était très belle... *(Elle a dit cela avec une sorte d'amertume.)*

L'HOMME, *doucement.*

Vous aussi, vous êtes belle...

LA JEUNE FEMME

J'étais très jeune quand il m'a épousée. Vous savez ces mariages entre camarades d'enfance — on confond un peu les étreintes enfantines et l'habitude tendre avec l'amour... Elle, avec seulement quelques années de plus que moi, avait beaucoup vécu. *(Elle dit soudain étrange :)* Je me demande bien ce qu'elle a pu devenir ? *(L'homme regarde droit devant lui et ne dit rien, elle continue.)* Dans les années grises qui ont suivi — retombée en enfance auprès de maman, avec qui la vie n'est pas toujours facile ! j'ai très souvent pensé à elle. C'est drôle, presque autant qu'à lui.

Elle ajoute drôlement, toujours un peu sèche.

Il se crée des liens inattendus, comme cela, entre les êtres !

L'HOMME, *sourdement, soudain.*

C'était une sordide petite putain, bien médiocre au fond, sous son arrogance et son orgueil. Je crois qu'on avait tiré un film de leur histoire. C'était devenu une très touchante histoire d'amour. C'est le cinéma qui en fait des héros de ces gens-là... Quand on les connaît...

LA JEUNE FEMME, *surprise.*

Vous l'avez connue ?

L'HOMME, *vague.*

Plus tard. J'ai eu l'occasion de la rencontrer après sa sortie de prison. Elle tenait un bar, sur la Côte. Elle était devenue la maîtresse d'un gangster marseillais célèbre qui a été fusillé à la Libération, parce qu'il avait un peu trop aidé la police allemande. Après je l'ai perdue de vue. C'était une autre femme.

LA JEUNE FEMME *demande soudain, curieusement.*

Elle avait beaucoup épaissi ?

L'HOMME *a un sourire à cette réaction féminine.*

Cela vous ferait plaisir ?

LA JEUNE FEMME *a une sorte de petit rire sec.*

Oui. On a beau avoir fait sa carrière dans la sainteté, on est rarement à l'abri des sentiments médiocres !

L'HOMME

Elle était devenue méconnaissable. La drogue et puis — quand elle n'en a plus eu les moyens —, l'alcool. Une clocharde.

LA JEUNE FEMME, *légère.*

C'est triste.

L'HOMME *a un sourire.*

Vous en êtes sûre ?

LA JEUNE FEMME, *sèche et légère.*

Comme un bel objet qui s'abîme — mettons... Mais je ne fais que parler de moi, excusez-moi. C'est le hasard de la visite de cette église... qui a fait remonter tout cela. Il y a des lieux comme cela qui vous hantent et où on ne devrait jamais revenir... *(Elle ajoute soudain confuse :)* Je crois qu'il faudrait que nous rejoignions maman et les enfants, ce serait plus sage.

L'HOMME

Les voici. Ils étaient avec le Commissaire...

LA JEUNE FEMME *ajoute encore.*

Je me suis laissée aller à beaucoup de confidences. Je me demande pourquoi, moi qui suis, d'habitude, si avare. Vous ne m'avez rien dit de vous, vous...

L'HOMME, *vague.*

Un voyageur de passage. Une vie sans doute ratée, aussi. Des enfants un peu légèrement perdus. Mais quelle vie est réussie ? C'est un phénomène épouvantable, la perspective, vous ne trouvez pas ?

La grand-mère, le Commissaire surgissent, les enfants ennuyés traînant derrière eux.

LA GRAND-MÈRE

Ils ont entièrement modernisé l'église ! Ils m'ont enlevé la plupart de mes saints ; il y a des micros dans tous les coins ; comme si la voix du Seigneur n'était plus assez forte, on met vingt sous dans une fente, comme à Luna-Park, quand on veut honorer la Sainte Vierge et il y a des piles de prospectus, qui vantent l'affaire, à la sortie. Et toujours cette grosse table de cuisine, au premier plan, pour qu'on voie bien ce qu'ils sont en train de faire ! Quelle époque, Monsieur le Commissaire ! Ils m'auront tout gâché, même mon bon Dieu !

LE COMMISSAIRE

Le monde tourne, Madame !

LA GRAND-MÈRE

Il a toujours tourné, Monsieur le Commissaire, mais autrefois, il tournait rond. Nous n'aurions pas dû revenir ici, Anne-Marie... Je ne leur passe que le chauffage ! Quand j'étais jeune, l'adoration de l'Esprit saint était liée à une sensation de froid aux pieds ! J'avoue que la prière au chaud, l'hiver, c'est tout de même un progrès considérable.

LE COMMISSAIRE, *amusé.*

Vous voyez qu'il y en a !

LA GRAND-MÈRE

Oui. Mais enfin, nous sommes en été ! *(Elle continue sa visite.)* Je serais curieuse de revoir la crypte. Ils ont dû mettre du néon autour des momies du XIIe siècle, pour que cela fasse plus gai. Les enfants nous suivent ?

LA JEUNE FEMME

Oui, maman.

LA GRAND-MÈRE

Ils ont toujours leurs appareils-photos ?

LA JEUNE FEMME

Oui, maman.

LA GRAND-MÈRE

Eh bien, alors, c'est qu'il nous arrivera autre chose !... J'ai rarement vu une journée d'excursion sans avatars... Tu vas voir que je vais probablement achever de me fouler la cheville, en descendant l'escalier de la crypte !

LA JEUNE FEMME, *un peu lasse.*

Mais non, maman... Pourquoi veux-tu absolument que tout aille mal ?

LA GRAND-MÈRE

Parce que tout va toujours mal. Quand tu auras mon âge, tu n'en douteras plus...

Leurs voix se sont perdues, les femmes sont passées, suivies des enfants.

L'homme est resté immobile, contemplant une rangée de prie-Dieu.

Le Commissaire se rapproche de lui et lui demande :

LE COMMISSAIRE

Ces lieux vous rappellent quelque chose ?

L'HOMME *a un petit sourire triste.*

Oui. Mon premier amour. J'avais dix ans. J'étais amoureux d'une petite fille de mon âge. Pour la première fois, je me suis trouvé seul avec elle, ici. Nous nous sommes pris dans nos bras, sans trop savoir ce que nous faisions. Nous nous sommes serrés très fort l'un contre l'autre. Ses cheveux avaient comme un léger parfum de vanille... Nous n'osions plus bouger, ni rien faire d'autre. Et puis sa mère que nous avions perdue pendant la visite de la cathédrale nous a rejoints.

LE COMMISSAIRE

Parfois le temps s'arrête... *(Il constate, amusé :)* Nous aussi nous allons perdre ces dames, si nous nous attardons. Elles doivent déjà être descendues à la crypte. Vous venez ? *(L'homme ne bouge pas, il va à lui, lui prend le bras et plus secrètement lui confie :)* Nous sommes faits comme cela, de quelques instants... Bien entendu : c'est une farce, l'histoire du noyé qui revoit toute sa vie... On ne peut vraiment pas tout se rappeler. Nous avons fait tant de gestes vains, dit tant de paroles inutiles... Quand on essaie d'y penser, cela donne positivement le vertige... toute cette dépense pour rien — c'est ça une vie ! Mais, sur la fin, je crois qu'on doit revoir ainsi quelques instants... *(Il continue, bonhomme, cocasse, sans mystère.)* J'ai une théorie, là-dessus... Quand le cœur cesse de battre et qu'on est mort pour la médecine, le cœur arrêté, une dernière pulsation irrigue encore une fois le cerveau, vous me l'accordez ? C'est de la mécanique. On a donc encore une seconde d'images ? Un dernier petit tour, les souvenirs, et puis s'en vont... Toujours est-il que, pour une seconde, le cœur arrêté, on est à l'intérieur de cet instant... Et pourquoi voulez-vous qu'on en sorte, puisque aucun autre instant ne le remplace ? C'est pour les autres que notre notion, sans doute très élémentaire de la durée, fonctionne encore... On se met à raidir, à se décomposer, on nous enterre... Mais nous, on reste à l'intérieur de notre dernier état de conscience, puisqu'il n'y a plus de durée pour nous... C'est pour les autres que ça ne dure qu'une seconde, pas pour nous — la pendule est arrêtée. C'est ça l'éternité ! *(Il continue doucement, souriant :)* On peut alors imaginer que ceux qui meurent bien, qui n'ont revu que de tendres choses, — vous et votre petite fille, par exemple — sont au ciel. Ceux qui meurent mal et ont revu des choses laides sont en enfer. Leur petit enfer personnel, dont ils n'ont plus aucune raison de sortir. C'est une théorie un peu idiote, mais qui en vaut peut-être une autre...

L'HOMME, *doucement.*

Et ceux dont la vie a été un mélange de tendresse et d'horreur ?

LE COMMISSAIRE, *bon enfant.*

Oui, c'est là que ma théorie boite un peu. Ce serait ce que les chrétiens appellent le purgatoire. Mais leur purgatoire à eux, on en sort, de mon dernier état de conscience, on ne sort pas. En somme, mort, dans mon système, on continue éternellement sa vie à l'intérieur de son dernier petit instant. Aucun de nos actes ne nous est remis. Pas gai non plus ! Il faudra peut-être que je mette ça au point...

Ils ont refait quelques pas, pour rejoindre les autres; ils sont devant le tombeau d'une des chapelles latérales.

Le mausolée des Vicomtes de Lépaud. Le seigneurs du pays, qui avaient dû donner beaucoup d'argent pour la construction de cette église — alors, morts, on les a gentiment invités. J'ai connu le dernier, dans l'exercice de ma profession. Enfin, façon de parler. J'ai connu son cadavre. Il est mort étranglé. Cela a été ma dernière affaire ou presque. Si vous vous intéressez à ce pays, vous avez dû la suivre, dans les journaux ?

L'HOMME, *fermé.*

Effectivement. Je l'ai suivie.

LE COMMISSAIRE

Crime bien fait. Le vicomte était un vieux paillard, dépuceleur — par tradition peut-être — de la moitié du pays — qui, sur la fin, n'avait plus trouvé qu'un moyen pour ranimer ses ardeurs défaillantes... Il n'était plus question pour lui, comme on disait joliment autrefois, d'honorer les dames — mais enfin, vous savez ce que c'est que les hommes : on s'attache jusqu'au bout à avoir tout au moins une petite satisfaction personnelle... Et tous les moyens sont bons. Lui, ce qu'il avait trouvé, c'est le vieux truc des pendus... Les pendus meurent-ils au comble de la volupté ? Ils ne nous l'ont jamais dit. Mais certains vicieux, qui ne vont pas jusqu'à la mort, assurent que c'est un moyen efficace, — quoiqu'un peu violent — et risqué. Vous aimez la petite histoire ? Le dernier des Condé, sous Louis-Philippe, est mort comme cela. On l'a trouvé, son foulard de soie autour du cou, pendu à l'espagnolette d'une des fenêtres de sa chambre, au château de Saint-Leu, la pointe de ses pieds affleurant le sol. Mais il avait une maîtresse, une jeune baronne qui était portée sur le testament pour de très grosses sommes, laquelle avait un amant — véritable, celui-là, et qui n'avait pas besoin de se pendre... A l'époque, on s'est posé beaucoup de questions, auxquelles la raison d'État a vite trouvé une réponse... Il fallait ménager les Bourbons, à qui on avait déjà fait assez d'ennuis comme ça, et c'était Aumale ou Montpensier, je ne sais plus, un des fils du roi qui héritait de Saint-Leu... Pour mon vicomte, en république, nous avons été beaucoup plus curieux : aucune considération dynastique ne nous retenait. Il avait lui aussi, une jeune maîtresse... Mais, je vous raconte tout cela, vous le savez sans doute aussi bien que moi ?

L'HOMME, *neutre*.

Oui, elle était très jeune et très belle.

LE COMMISSAIRE

Très. C'était la fille d'un garagiste du pays qui fournissait ses Bugatti au vicomte. Car, jusqu'au bout, ce vieux seigneur s'était amusé à écraser les poules de ses manants avec ses bolides rouge sang ou bleu ciel. On lui pardonnait, il les payait très cher... Il avait dû payer très cher la petite, aussi, à son père... Il l'avait prise comme servante au château, à quinze ans. Au début il ne lui demandait que de servir nue, le soir, à table, des rubans roses noués autour de ses cuisses. Ces impuissants finissent poètes — bien obligés ! Et puis — naturellement — il avait fini par lui demander de l'aider dans ses ultimes tentatives de bonheur. Il va sans dire que la petite, en dehors de ses heures de travail — si j'ose dire — au château, avait des amants un peu partout dans le pays...

L'HOMME, *neutre.*

Un peu partout, oui.

LE COMMISSAIRE *continue, négligent.*

Et puis un jour, elle s'est attachée à l'un d'eux. Un garçon qui ne lui ressemblait en rien, marié dans une très respectable famille du département voisin, père d'une petite fille. Ils ont cru que c'était le grand amour, tous les deux. Lui, du moins.

L'HOMME, *bizarrement.*

Oui. Lui surtout.

LE COMMISSAIRE, *goguenard.*

C'est alors que le vicomte a eu son petit accident... *(Il s'arrête soudain, il a un geste, un sourire, l'entraînant.)* Mais c'est une vieille histoire enterrée ! si j'ose risquer cet à-peu-près... Il faut se méfier des vieux bonshommes comme moi, quand ils commencent à égrener leurs souvenirs, cela n'en finit plus... Allons plutôt retrouver ces dames qui doivent se demander où nous sommes passés... Et puis nous irons faire goûter les enfants. De beaux enfants. Un peu étranges. Bien renfermés, vous ne trouvez pas ?

L'HOMME

Si.

LE COMMISSAIRE

Forcément, quand on a grandi sans père...

Ils se sont éloignés dans l'ombre des piliers, on les perd de vue.

On entend un harmonium, une chorale d'enfants maladroite, aux voix aiguës, qui répète un cantique quelque part au loin. Les voix meurent.

Plus tard la chorale reprendra avec un autre chant, lointaine, créant une atmosphère d'irréalité dans l'église déserte.

La porte à tambour s'ouvre au fond, laissant passer un rai de lumière.

Une silhouette gracile, coiffée d'un béret qui lui donne l'air voyou, vêtue d'un imperméable d'où sortent des jambes nues de petite paysanne : c'est une fille d'apparence très jeune, très belle.

Le rôle est tenu par l'actrice qui a joué la

clocharde au début, mais on ne peut pas s'en apercevoir tout de suite.

Elle va à un prie-Dieu, s'agenouille.

Bientôt le jeune homme surgit de la pénombre, vêtu de son imperméable comme nous lui avons vu quitter l'hôtel.

Il hésite un peu, puis vient s'agenouiller à côté de la fille sur un prie-Dieu voisin.

On entend la chorale au loin.

Ils inspectent des yeux l'église déserte, avant de s'adresser la parole, à voix basse.

Le Commissaire et l'homme, qui allaient sortir quand la fille est entrée et qui se sont arrêtés, les observent dans l'ombre, du fond de l'église.

LE JEUNE HOMME

Pourquoi m'as-tu donné rendez-vous ici ?

LA FILLE

Il y fait frais. On crève de chaleur dehors... Il va y avoir un de ces orages !... Et puis ça m'amusait, de te voir dans une église... D'ailleurs c'est plus prudent. Tu ne le connais pas : il a des espions partout. C'est le roi du pays. Pas un garagiste, pas un bistrot, il les tutoie tous depuis qu'ils sont tout petits, qui ne lui aurait dit demain « Dites donc Monsieur le vicomte, la jeune personne du château, on l'a vue hier avec un jeune homme !... » Demain on lui dira : « Dites donc, Monsieur le vicomte, elle va à confesse maintenant, votre jeune fille ? » Ça l'étonnera peut-être un peu, mais ça le fera surtout rigoler, ce vieux vicieux, en imaginant ce que j'aurai à raconter au curé !

LE JEUNE HOMME

Qu'est-ce que tu lui diras ?

LA FILLE

Que j'avais eu trop chaud en faisant mes courses et que la cathédrale était le seul endroit frais. C'est vrai que c'est le seul endroit frais de cette foutue ville, en été. *(Elle regarde un peu autour d'elle sournoise et demande :)* On n'y met jamais les pieds, mais on est bien dans les églises. Tu y allais toi, petit ?

LE JEUNE HOMME

Oui.

LA FILLE

Moi mon père était garagiste, c'est lui qui trafiquait toutes les Bugatti du vicomte, son principal client devant lequel il tremblait, mais ça ne l'empêchait pas de voter rouge et de bouffer du curé du matin au soir. Il n'a pas voulu que je sois baptisée, ni que je fasse ma première communion. Ce que j'ai été malheureuse, à cause de la robe ! Toutes mes copines d'école étaient belles comme des mariées. Depuis, ça m'attire les églises… Il le sait, le vieux. C'est pour ça que je n'aurai pas d'ennuis s'il apprend. Sans ça, gare à la cravache, quand il se doute que je l'ai trompé !

LE JEUNE HOMME, *sourdement.*

Tu es jeune, tu es belle et il est vieux. Et on dirait que tu es son esclave !

LA FILLE, *doucement.*

C'est un peu ça, tu sais… Payée comptant à quinze ans et là où la chèvre est attachée… *(Elle ajoute, dure :)* Mais je lui fais peur moi aussi, maintenant. *(Un temps, puis elle dit soudain doucement :)* Touche-moi. Passe ta main sous ma jupe… *(Elle a pris sa main qu'elle guide, elle ajoute soudain drôlement :)* Au fond c'est commode les prie-Dieu.

LE JEUNE HOMME *s'est soudain levé comme blessé.*

Sortons d'ici.

LA FILLE *le retient.*

Reste à genoux. Je te dis que dehors on va se faire voir. C'est le jour du marché. Touche-moi. *(Il ne bouge pas, elle demande, insidieuse :)* Tu as peur de quoi, petit garçon ? L'église est vide. De la petite lampe rouge ?

LE JEUNE HOMME

Non.

LA FILLE

Tu as peur de l'amour, quand ce n'est pas bien comme il faut, avec deux beaux pyjamas, dans un beau lit de milieu ? Moi, c'est pourtant plutôt par terre ou debout contre un mur que tu m'as prise, jusqu'ici ?

LE JEUNE HOMME, *sourdement soudain.*

Je ne veux plus que cet homme te touche.

LA FILLE, *doucement, après un temps.*

Je t'ai dit que ça dépendait de toi... Sinon ce soir, comme tous les autres soirs... Je t'ai raconté comment il me les faisait gagner, une à une, ce vieux grigou, les perles de mon collier ? Avec lui pour l'essentiel, ça ne va pas très loin, mais c'est toujours très compliqué... *(Elle dit soudain sournoise :)* J'aime bien quand tu fais ces yeux-là, mon minet... J'aime bien quand tu as de la peine et que tu penses à lui !

Le jeune homme s'est levé soudain pâle, il la gifle.

La fille, surprise, avec une certaine considération.

Tu gifles, toi, dans les églises ? *(Elle dit soudain avec un geste tendre à son cou, collée à lui.)* Je t'aime. C'est à toi que je suis. Mais alors, il faut me prendre vraiment.

LE JEUNE HOMME, *sourdement soudain.*

Nous partirons cette nuit.

LA FILLE, *doucement, sournoise.*

Tu as de l'argent ?

LE JEUNE HOMME

J'en trouverai.

LA FILLE, *doucement.*

Il m'en faut beaucoup, tu sais, j'ai pris de mauvaises

habitudes... *(Elle dit encore, dure :)* Et ta chère petite femme, et ta chère petite fille, petit chérubin ?

LE JEUNE HOMME

Je les laisserai.

LA FILLE, *à voix basse soudain.*

Remets-toi à genoux. Il y a une bonne femme qui va porter un cierge à la chapelle de la Vierge.

Ils restent sans bouger, mains jointes, pendant qu'une vieille femme, qu'on distingue à peine, passe près d'eux dans l'ombre et va allumer un cierge à la chapelle voisine.

La fille, à mi-voix, pendant que la vieille est toute proche.

Le seul ennui serait qu'il ait aussi la chaisière dans sa manche. Il ne met jamais les pieds à l'église, mais il est capable de tout, le vieux roublard !... Tu sais que c'est sa famille qui a donné tout l'argent pour construire l'église, autrefois ? Leur tombeau est là, dans un coin, tu veux le voir ? *(Elle l'a entraîné vers le tombeau.)* C'est marrant, on dirait lui, couché, avec une barbe. *(Elle ajoute, sournoise :)* Seulement lui, quand je le vois couché comme ça, il n'a pas d'armure. Seulement tous les petits plis flasques de sa poitrine, et de son vieux ventre dégoûtant, avec les veines qui ressortent... *(Elle a un petit rire, méchant, soudain.)* Ça fait un peu aussi comme une armure, au fond, une peau de vieux ! Remarque qu'on s'habitue... On s'habitue à tout !

LE JEUNE HOMME, *crispé.*

Je parlerai à ma femme en rentrant : je ne veux pas partir sans lui parler. Je lui dirai que je ne peux plus. Et ce soir à onze heures, je serai avec ma voiture au bout de la grande allée de tilleuls. Prends seulement une petite valise. Je veux que tu n'emportes rien venant de lui.

LA FILLE *a un sourire.*

Toute nue, alors ? *(Elle demande encore :)* Tu as de l'argent ?

LE JEUNE HOMME

Pour partir, oui. Après je travaillerai. Je trouverai quelque chose.

LA FILLE

C'était commode l'usine de belle-maman. Tu ne sais rien faire.

LE JEUNE HOMME *a encore un cri sourd.*

Je ne veux plus que cet homme te touche !

LA FILLE *a un sourire.*

Je t'entends d'ici quand tu étais petit, mon minet. Je ne veux plus aller à l'école. Je ne veux pas aller au bureau. Je ne veux pas aller au service militaire... Eh oui, mais on y va quand même... Tu ne l'as pas encore appris à ton âge ? *(Elle dit soudain dure :)* Si tu voulais, si tu m'aimais vraiment, Minet, ce serait possible... Seulement il faut avoir un peu de courage et oublier ce qu'il y avait dans tes livres à l'école...

On entend un grondement sourd au loin et le bruit d'une violente pluie.

Écoute. C'est l'orage, enfin ! Ça tombe comme vache qui pisse et je suis sûre qu'il n'y a plus un chat dans les rues. On va courir jusqu'à ta voiture et tu m'emmèneras dans notre petit bois. Là-bas on sera tranquille et je t'expliquerai. Viens. Elle commence à m'embêter cette vieille à rôder autour de nous. On sera mieux là-bas, dans ta voiture. *(Elle l'a enlacé, avant de coller sa bouche à la sienne, elle murmure :)* Et puis j'ai envie de toi, maintenant et toi aussi, tu as envie de moi. Je sais bien ce que ça veut dire quand tu me regardes comme ça...

LE JEUNE HOMME *murmure.*

Tu es belle...

Il l'embrasse ; le tonnerre encore et quand ils se détachent, dans une lumière changée, c'est une vision cauchemardesque, il tient dans ses bras souriante, aguichante, la vieille clocharde que nous avons vue au début de la pièce, avec une sorte de tête de mort.

LA VIEILLE

Viens. Viens vite, mon minet. Nous n'arriverons jamais jusqu'au bois ! Et donne-moi de l'eau bénite en sortant, tu veux bien, petit curé ? J'adore ! Ces doigts mouillés qui se touchent avec un regard en dessous, il n'y a pas besoin d'en faire beaucoup plus parfois... (*Elle a un petit rire avec des grâces effrayantes.*) Il faut être sournoises comme toutes ces petites bourgeoises, bien pieuses, pour avoir inventé ce moyen de faire un peu l'amour, sans risques, du bout des doigts !

Elle se signe. Un coup de tonnerre plus violent.

L'homme a bondi, il leur crie :

L'HOMME

Arrêtez !

Ils s'arrêtent en effet, surpris, le regardent, ne le voient pas.

LA VIEILLE

Non. Il n'y a personne. Viens mon amour...

Elle l'a entraîné, laissant l'homme désemparé, immobile, qui murmure :

L'HOMME

Il faut lui dire avec qui il part !

LE COMMISSAIRE, *qui l'a rejoint, souriant.*

Il part avec la jeunesse et l'amour... Cela va vite ! Quand je les ai arrêtés tous les deux, elle était encore toute jeune et belle et la nuit où je l'ai interrogée, il m'a fallu vraiment beaucoup de conscience professionnelle pour ne pas tomber dans le panneau. Le brouillard artificiel ! Un vieux renard comme moi, sa conviction intime faite : j'interrogeais l'innocence... Curieux animaux, les hommes !

Les musiciens sont entrés dans l'église, bruyants, ridicules.

Ah ! voici les clowns qui avaient, eux aussi, envie de

visiter la cathédrale, ce jour-là. Ça aussi c'est l'humanité !

Les musiciens se répandent par groupes dans la cathédrale.

Derrière eux, le petit garçon, seul et triste.

Les deux vieux musiciens, se passant de l'eau bénite, font les imbéciles devant le bénitier.

PREMIER MUSICIEN

Tu vas à la pêche ?

DEUXIÈME MUSICIEN

Non. Je vais à la pêche !

PREMIER MUSICIEN

Ah ! je croyais que tu allais à la pêche !

LA FILLE, *indignée.*

Vous avez fini tous les deux avec vos singeries, merde ! Vous respectez donc rien ? Une église, c'est tout de même une église !

PREMIER MUSICIEN

Autrefois ! Mais maintenant que les curés se marient et qu'ils se baladent en short, il ne faut plus qu'ils nous embêtent avec leur bon Dieu ! Tous copains !

LA FILLE

Non, mais, tu l'entends, Josette ? Ce vieux dégoûtant !

Elle s'éloigne avec l'autre fille, visitant.

L'AUTRE FILLE, *en arrêt soudain.*

Qu'est-ce que c'est beau, le vitrail ! Tu as vu la robe de la Vierge ? Ce mauve !

LA FILLE

Remarque, elle était blonde. A une brune, ça n'irait pas.

DEUXIÈME MUSICIEN

C'est comme la musique. Il y en a qui te foutent maintenant Beethoven et Mozart en jazz... Et finie la musique ! Ces gens-là aussi ils sont en train de saper leur baraque. C'est la mode maintenant !

LA FILLE

Taisez-vous donc tous les deux ! Attendez au moins d'être au bistrot pour vous raconter vos horreurs !

L'AUTRE FILLE

Ah, ces deux-là ! On ne peut même pas visiter une église tranquille avec eux !

PREMIER MUSICIEN

C'est comme pour la confession ! Un type qui caresse sa mignonne et qui se fringue comme toi, tu aurais envie, toi, d'aller lui raconter tes histoires ? De quel droit ?

LA FILLE

Moi d'abord j'ai rien à confesser, à personne ! Mes amants ça ne regarde que moi !

PREMIER MUSICIEN, *pouffant.*

Oh, la vilaine ! Elle ose dire ça dans une église ! Elle a donc des amants ? Elle nous l'avait caché !

Ils s'éloignent, visitant.

DEUXIÈME MUSICIEN

Tu as vu les grandes orgues ? Début XVIIe. Il paraît qu'il n'y en a que trois de cette importance en France.

PREMIER MUSICIEN

Et tout ça pour faire dandiner les fidèles sur de la musique de sauvages...

Ils sont passés ; le petit garçon est toujours solitaire, en arrière.

L'AUTRE FILLE

C'est tout de même beau ! Ils voyaient vaste dans ce temps-là !

LA FILLE

Oui, mais c'était un peu humide... Tu vois si j'avais pas pris ma laine j'aurais froid !

L'AUTRE FILLE

C'est quoi, la petite lampe rouge au fond ?

LA FILLE

C'est le bon Dieu.

L'AUTRE FILLE, *sidérée.*

Merde ! Et il est toujours là ?

LA FILLE

Tu vois ce que j'aime, moi, c'est la lumière des cierges… L'électricité au fond, ça a tout gâché.

Elles passent, on entend plus loin, près du tombeau.

L'AUTRE FILLE

Qu'est-ce que c'est que ce vieux, couché là, c'est un saint ?

LA FILLE

Non, c'est un seigneur. Tu vois bien qu'il a une épée !

L'AUTRE FILLE

Qu'est-ce qu'il fout là ?

LA FILLE

Je sais pas. *(Elle jette au petit s'éloignant.)* Tu viens, toi ?

LE PETIT *demande.*

Où est maman ?

LA FILLE, *s'éloignant au bras de l'autre.*

Elle est restée avec Alberto, au café. Ils n'avaient pas envie de visiter l'église. Alberto n'était pas bien. Il avait la colique.

Elles ont disparu.

Le Commissaire et l'homme regardent le petit qui est resté seul, immobile. Il descend jusqu'aux prie-Dieu, s'agenouille, il fait le signe de la croix et à voix basse, tendu, murmure :

LE PETIT

Mon Dieu faites qu'il meure. Mon Dieu faites qu'il meure. Mon Dieu faites qu'il meure. Je ne vous demanderai jamais plus rien, mais faites qu'il meure !

Il sanglote soudain, courbé sur son prie-Dieu. L'homme ému fait un geste pour aller à lui. Le Commissaire le retient.

LE COMMISSAIRE

Non. Vous ne pouvez rien pour lui. Vous le savez bien.

L'HOMME *murmure en regardant le petit.*

Il est trop seul.

LE COMMISSAIRE, *doucement.*

Nous sommes tous seuls. Il apprend.

Une petite fille inconnue en robe démodée surgit, cherchant dans l'église. Elle s'arrête près du petit garçon.

LA PETITE FILLE

Tu pleures ? Je te cherchais. Je me suis sauvée pendant que maman achetait des médailles...

Le garçon n'a pas bougé, son petit visage fermé. Elle a une petite caresse à sa tête.

Je ne veux pas que tu pleures. Quand nous serons grands, nous nous marierons et je te rendrai heureux.

Le petit garçon s'est redressé. Ils sont l'un en face de l'autre, comme intimidés, immobiles.

Soudain avec des gestes très lents, pleins d'une sorte de pudeur grave, ils s'enlacent et se serrent l'un contre l'autre.

La petite fille dit doucement :

On ne sera plus jamais seuls, quand on sera mariés.

LE PETIT *ne répond pas d'abord, puis il lui dit soudain, mystérieux.*

Cette fois tu sais, je l'ai tué.

LA PETITE FILLE

Vraiment tué ?

LE PETIT

Oui. J'ai mis quelque chose dans son verre. S'ils me mettent en prison, tu m'aimeras quand même ?

LA PETITE FILLE, *dans un souffle.*

Oui.

LE PETIT

Même s'ils me coupent le cou ?

LA PETITE FILLE, *grave.*

Oui, je t'aimerai toujours.

LE PETIT

Cela l'a pris dans le car. Maintenant il est tout raide dans le café. Ils l'ont étendu sur une table et il est mort. Maman pleure.

LA PETITE

Tu crois qu'il a eu mal ?

LE PETIT, *grave*.

Il a souffert énormément.

LA PETITE, *doucement*.

C'est bien fait.

LE PETIT, *doucement aussi*.

Oui.

Soudain on entend un klaxon dehors ; on aperçoit la lueur de la porte qui s'ouvre au fond. Un pas rapide et lourd dans l'église. Alberto surgit.

ALBERTO

Ah, tu es là, bougre de petit crétin ! Ta mère te cherche partout. Elle te croyait noyé. Elle a encore fait toute une histoire ! Allez, grouille. Le car va partir !

Comme il l'entraîne, le bousculant, la grand-mère surgit ; elle est plus jeune visiblement et surtout habillée d'une façon beaucoup plus voyante, à la mode des années 30, avec un indiscutable mauvais goût.

LA MÈRE DE LA PETITE FILLE, *méprisante.*

Anne-Marie, c'est insensé ! Je te cherche partout ! Qu'est-ce que c'est que ces façons de faire peur à sa mère ! Allez, viens vite ! Nous allons rater notre car ! *(Elle lui jette, l'entraînant :)* Je te l'avais pourtant interdit de traîner avec le petit garçon de l'orchestre !

LA PETITE FILLE, *entraînée, proteste.*

Mais il est très gentil, maman !

LA MÈRE ET LA PETITE FILLE

Là n'est pas la question. Il n'est pas de ton monde !

On les a entraînés tous les deux, chacun de leur côté.

On entend le car qui klaxonne sur la place. Les musiciens passent, se dépêchant.

PREMIER MUSICIEN, *passant.*

Grouillons-nous mes enfants, nous allons rater le car !

LA FILLE, *passant avec l'autre.*

Eh bien tu vois ma petite, ça valait tout de même le déplacement ! C'est vrai, toujours à traîner dans les cafés, entre les services, on s'encroûte ! Une église de temps en temps, ça fait du bien !

Arrivés au bénitier, les deux musiciens ne résistent pas au plaisir de refaire leur plaisanterie, en se passant de l'eau bénite.

PREMIER MUSICIEN

Tu vas à la pêche ?

DEUXIÈME MUSICIEN

Non. Je vais à la pêche !

PREMIER MUSICIEN

Ah, je croyais que tu allais à la pêche !

Ils sont sortis.
L'homme et le Commissaire sont restés seuls.
Le Commissaire lui dit doucement :

LE COMMISSAIRE

Si nous allions à la pêche, nous aussi maintenant, Frédéric Walter, comme deux vieilles connaissances ?

L'HOMME *a un petit sourire*
et lui tend ses poignets.

Vous avez mis bien longtemps...

LE COMMISSAIRE *a lui aussi un petit sourire,*
il ne bouge pas.

Non. Je n'ai pas de menottes dans ma poche. Je suis à la retraite. C'est seulement pour le plaisir.

Le rideau est tombé sur les deux hommes qui se regardent immobiles, avec un demi-sourire.

DEUXIÈME PARTIE

C'est le hall de l'Hôtel du Casino, un autre coin du hall que délimite un grand paravent translucide qui isole la piste de danse.

L'orchestre perché sur une estrade donne son concert à l'intérieur de l'établissement.

A une table, au premier plan, la grand-mère, mère d'Anne-Marie — jeune comme nous l'avons vue à la fin de l'acte précédent —, prend le thé avec la petite fille et le petit garçon.

A une table voisine, un peu en retrait, l'homme et le Commissaire qui les observent.

Au lever du rideau les musiciens achèvent un morceau sentimental.

Le garçon s'est approché de la table pour prendre une commande éventuelle.

LE GARÇON

Et pour le jeune homme ?

LA MÈRE D'ANNE-MARIE, *dégagée.*

Vous ne prenez rien, Frédéric, naturellement ?

LE PETIT

Non, Madame.

LA MÈRE D'ANNE-MARIE *congédie le garçon maussade d'un geste.*

Vous avez raison, ce thé est imbuvable. De l'eau tiède. Cet établissement ignore l'ébullition... *(Elle a une idée et enchaîne avec le plus grand naturel dès qu'elle est assurée du départ du garçon :)* D'ailleurs pourquoi en commander un autre ? C'est imbuvable, mais leur théière est un vrai pot de chambre ! Vous pourrez en prendre dans la tasse d'Anne-Marie puisqu'elle a déjà bu le sien. Et Dieu merci ! Eux qui sont si avares sur le beurre et la confiture, ils ne lésinent pas sur le sucre. Il est plein de cacas de mouches, mais il y en a. *(Elle le sert, petit doigt en l'air.)* Je vous mets deux morceaux ?

LE PETIT

Oui, Madame.

LA MÈRE D'ANNE-MARIE *a une autre excellente idée.*

Si tu ne finis pas ta portion de tarte, Anne-Marie, tu pourras l'offrir à Frédéric !

La petite fille passe sa tarte au petit garçon qui la mange et ils se regardent graves de chaque côté de la mère qui constate satisfaite :

Cela fait plaisir de voir un petit garçon dévorer à belles dents ! Vous êtes nourri avec votre maman, par l'établissement ?

LE PETIT

Oui, Madame.

LA MÈRE D'ANNE-MARIE, *allègre.*

A en juger comme ils sont chiches avec leurs clients, je n'ai pas de peine à imaginer comment ils doivent nourrir le personnel !... Mangez, mangez mon garçon !... A votre âge il faut prendre des forces. Et de toute façon Anne-Marie aurait laissé la moitié de sa portion. C'est une petite nature. Trop gâtée, sans doute, hélas ! Les enfants des milieux plus modestes sont finalement beaucoup plus sains. Mangez mon garçon, ça sera toujours ça de pris. Qu'est-ce qu'ils vous ont donné à midi ?

LE PETIT

Du veau.

LA MÈRE D'ANNE-MARIE *a un petit ricanement aigre.*

Je vois ça ! C'était notre reste d'hier soir. Remarquez que je m'en réjouis ; s'ils ne l'avaient pas fait ingurgiter par le personnel, ils nous l'auraient resservi sous forme de boulettes ! Cet établissement est bien tombé. *(Elle le contemple avec intérêt et demande compatissante soudain :)* Qu'est-ce que vous faites, mon pauvre petit, pendant que votre maman est occupée à l'orchestre ?

LE PETIT, *fermé.*

Je me promène.

LA MÈRE D'ANNE-MARIE *a un soupir entendu.*

Tout seul, livré à vous-même, mon pauvre petit ? Et le soir ?

LE PETIT

Je me couche et j'attends que maman rentre.

LA MÈRE D'ANNE-MARIE

Vous partagez sa chambre là-haut ?

LE PETIT

Oui, Madame.

LA MÈRE D'ANNE-MARIE

Et vous n'avez pas peur, tout seul, au sixième ? L'étage doit être bien désert ?

LE PETIT

J'entends l'orchestre dans le parc. J'essaie de ne pas dormir tant qu'elle n'est pas rentrée. Quelquefois la musique m'endort... Mais je n'aime pas, parce que je ne sais plus quand elle rentre.

LA MÈRE D'ANNE-MARIE

Mon pauvre petit ! Et votre papa ?

LE PETIT

Il est à Paris. Il travaille.

LA MÈRE D'ANNE-MARIE

Qu'est-ce qu'il fait votre papa ?

LE PETIT

Il est tailleur.

LA MÈRE D'ANNE-MARIE *esquisse un geste.*

Il coud des costumes ?

LE PETIT, *soudain blessé, se redresse.*

Non, Madame. Il ne coud pas ! Ce sont les apiéceurs qui cousent, les culottières, les giletières ! Lui est coupeur-tailleur. Il a de grands ciseaux, des craies de couleur, des règles, des équerres et de grands livres reliés de cuir rouge où il y a toutes les figures... Mais il ne les regarde même plus ! Ce sont les apiéceurs qui cousent, accroupis sur la table. Papa, lui, travaille debout. Il est le chef coupeur !

LA MÈRE D'ANNE-MARIE,
indifférente à ces nuances.

Ah non ! Je ne faisais pas la différence... Elle était bonne cette tarte ?

LE PETIT

Oui, Madame.

LA MÈRE D'ANNE-MARIE

Tu vois, Anne-Marie, quand on a faim, on mange. Les petites filles trop gâtées n'ont jamais faim. L'argent ne fait finalement pas le bonheur !

LE PETIT *crie encore, soudain blessé.*

Moi aussi je suis trop gâté ! Maman me donne trop d'argent !

LA MÈRE D'ANNE-MARIE *a un sourire.*

Allons bon, mon pauvre petit ! Et qui vous a dit ça ?

LE PETIT *se referme soudain.*

Le musicien ami de maman. Celui qui joue du saxophone.

LA MÈRE D'ANNE-MARIE,
avec un petit sourire entendu.

Mon pauvre petit !

L'orchestre qui s'était arrêté un moment a repris.

On écoute.

LE COMMISSAIRE, *doucement à l'homme.*

C'est admirable la bourgeoisie. C'est la seule classe sociale qui ait trouvé réponse à tout. Elle a assis solidement son gros derrière sur les autres, et peut se consacrer uniquement à sa bonne conscience. Remarquez qu'il commence à y avoir des secousses dans le derrière — mais cela ne l'incommode pas encore trop... La maman de cette petite fille est en train de se payer sous nos yeux, les délices de la charité — avec un vieux fond de thé et un reste de tarte aux pommes... Regardez-la qui se rengorge comme une poule, ses perles satisfaites sur son gros jabot luisant... Elle fait un peu de social, pendant le five o'clock. Elle aide un petit malheureux avec beaucoup de générosité, à se hisser d'un cran en dehors de l'ornière.

La mère poursuit un monologue édifiant dont nous n'entendons que des bribes mêlées à la musique de l'orchestre.

LA MÈRE D'ANNE-MARIE

...car il y a une chose qui est très importante, Frédéric, c'est de faire toujours autant de bien qu'on le peut autour de soi... C'est plus qu'un plaisir, c'est un devoir...

L'HOMME *murmure aussi sans cesser de regarder la table voisine.*

Vous avez entendu comme il lui a crié furieux : « Moi aussi, je suis trop gâté ! » Il la déteste en ce moment, et il en a pour la vie... Il ne pardonnera jamais plus rien aux femmes riches d'un certain âge...

LE COMMISSAIRE, *doucement..*

Oui, mais il est amoureux de la petite fille...

L'HOMME

Il est amoureux de la petite fille et il la regarde... Et il est heureux tout de même pendant que la mère continue son monologue édifiant... Cela lui est égal, il ne l'entend pas...

On assiste à la suite du monologue ininterrompu de la mère tout en mimiques cocasses et dont on n'entend que des bribes sur la musique.

LA MÈRE D'ANNE-MARIE

... Ainsi moi, j'aurais pu ne penser qu'à moi-même... Avec une certaine facilité de moyens, le plaisir égoïste est une pente facile... Eh bien non, je me suis toujours efforcée de penser à ceux qui sont plus défavorisés... Et je n'y ai aucun mérite... la charité aussi est un plaisir !

LE COMMISSAIRE *continue.*

Il est amoureux de la petite fille et il l'épousera peut-être un jour, qui sait ? Quand il sera grand, pensant que c'est là le bonheur. Car ces gens-là qui n'en finissent pas de laver leur linge puant en secret, ont inventé aussi la façade du bonheur...

LA MÈRE D'ANNE-MARIE *s'exclame, soudain lyrique.*

C'est une belle satisfaction d'avoir toujours fait son devoir !...

LE COMMISSAIRE

Et puis il s'apercevra que la fille, en plus gracieux, se met à ressembler tout doucement à la mère et qu'il est en train d'étouffer...

L'HOMME, *étrangement.*

Vous connaissez déjà toute l'histoire...

LE COMMISSAIRE

Il suffit d'un peu d'imagination.

Le morceau est fini, la salle applaudit poliment.

LA MÈRE D'ANNE-MARIE, *au petit garçon, pour être aimable.*

Eh bien, c'était un très joli morceau ! Le solo de piano était très réussi. Votre maman est une très bonne exécutante. Qu'est-ce qui lui a donné l'idée de jouer dans des orchestres ?

LE PETIT, *fermé.*

Elle était professeur de piano. Et quand papa est parti à la guerre, elle a dû se mettre à travailler.

LA MÈRE D'ANNE-MARIE

La guerre est un affreux malheur ! Pour tout le monde. Le papa d'Anne-Marie était commandant de réserve, dans les chasseurs. Et j'ai dû moi-même m'occuper de l'usine en 14. Il est tombé en 16, sur la Somme, pour la France ! Et veuve, j'ai dû continuer à assumer la direction. Je suis une bonne Française. J'ai toujours fait mon devoir !

LE PETIT, *pâle, crie soudain violent, on ne sait pourquoi.*

Maman aussi a toujours fait son devoir !

On a dégagé la piste de danse ; un chasseur est passé distribuer des mirlitons et des chapeaux de papier aux enfants qui sont là.

L'orchestre attaque une danse de genre, « Le Pas des patineurs ».

Des couples d'enfants coiffés de chapeaux de papier se lèvent aux tables. Derrière le paravent translucide, on les verra danser en ombres chinoises.

LA MÈRE D'ANNE-MARIE

Anne-Marie, c'est jeudi aujourd'hui et voici l'heure du bal d'enfants... Et c'est justement « Le Pas des patineurs » que Monsieur Galempoix t'a appris à danser cet hiver... Tu devrais inviter ton petit camarade... Vous savez danser Frédéric ? Vous avez pris des leçons ?

LE PETIT

Non, Madame. Mais j'ai appris tout seul.

LA MÈRE D'ANNE-MARIE

Eh bien, nous allons voir comment vous allez vous en tirer. Allons, dansez, dansez mes enfants, c'est de votre âge !

Les enfants ont commencé à danser sous l'œil attendri de la mère.

C'est une danse un peu bête, un peu ridicule, mais gracieuse. Ils la dansent très lentement, graves, presque hiératiques.

L'HOMME *regarde le petit couple*
qui danse et murmure
comme dans un rêve.

Au « Pas des patineurs » on ne se touche pas beaucoup, les figures sont un peu académiques ; mais peut-être que tout à l'heure l'orchestre jouera une polka ; alors il pourra la serrer contre lui dans sa douce odeur de vanille...

Les enfants, changeant de figure, se sont pris dans les bras, toujours aussi graves et lents.

L'homme poursuit :

Il a appris tout seul, mais c'est lui qui danse le mieux... Ses chaussettes blanches sont bien propres, il a fait une scène à sa maman, parce qu'elle ne les avait pas lavées à temps, ce matin, dans le lavabo ; elles sont encore un peu humides, mais cela ne se voit pas — et il sait qu'il est le plus beau et que tout le monde le regarde... Il n'est plus le fils de la pianiste, qui a toujours un peu honte qu'on apprenne pourquoi il est là, avec les autres, qui ont des papas et des mamans clients... Il n'a pas besoin de s'inventer, comme il le fait quelquefois, des parents imaginaires qui sont justement partis en excursion ce jour-là... En ce moment il est comme un petit client... Et c'est cela qu'il cherchera toute sa vie, peut-être à cause de cet après-midi... Et il fera tout ce qu'il faudra pour cela.

LE COMMISSAIRE, *doucement.*

Oui. Exactement tout. Ce qui l'amènera à faire ma connaissance...

Il les regarde encore un peu.
L'attitude du petit couple devient bizarre.
Il ne suit plus le rythme de la musique que les autres suivent encore derrière le paravent ; ses mouvements se sont ralentis comme dans un rêve.

L'HOMME

Elle est toute chaude contre lui et son petit corps maigre est odorant... C'est peut-être ça « faire l'amour » dont ils parlent toujours, les autres, à l'orchestre ?... Il l'a couchée par terre, là, au milieu des autres qui dansent... Il pèse sur elle de tout son poids et soudain — il a seulement vu les bêtes — il ne sait plus s'il faut bouger encore ou seulement peser sur elle, qui halète doucement — être bien lourd...

Le petit et la petite se sont lentement couchés sur la piste au milieu des autres qui dansent sous les yeux des spectateurs attendris.

La musique s'arrête.

Ils se relèvent tout rouges et retournent vers la table où la mère qui n'a pas cessé de les regarder les accueille satisfaite derrière son face-à-main.

LA MÈRE D'ANNE-MARIE

Eh bien, c'était parfait, mes enfants ! Vous étiez très mignons tous les deux — vous trémoussant... Vous dansez très bien, Frédéric, pour un petit garçon qui n'a jamais pris de leçons. Tu vois Anne-Marie, toi tu as tant de mal à t'y mettre avec le meilleur professeur de la ville... J'espère que vous réussirez aussi bien vos études, Frédéric. Vous êtes boursier ?

LE PETIT

Oui, Madame.

LA MÈRE D'ANNE-MARIE

C'est très bien. Quand on est d'une condition modeste, il faut être méritant... (*Elle regarde l'orchestre derrière son face-à-main et constate :)* Mais voici le moment de la pause... Les musiciens rangent leurs instruments et je crois bien que votre maman vous cherche, Frédéric... Je vous laisse aller lui dire bonjour...

Les musiciens ont en effet posé leurs instruments et descendent de l'estrade.

LES MUSICIENS

— Ah ! On a droit à notre consommation !
— S'ils nous disent encore qu'ils n'ont pas le temps, leur pourboire à la fin de la semaine : bonsoir !
— Ah ! ces loufiats !...

LE VIEUX MUSICIEN

Une fois à La Bourboule, il y en a un qui ne voulait pas me servir. Je lui dis : « Mon vieux, tu as étudié combien pour porter tes verres ? Moi la contrebasse j'ai travaillé cinq ans. » Il l'a bouclée !

LA FILLE

Mais cette fois je lui demande carrément un pippermint ! Et s'il me dit qu'on n'a droit qu'aux bocks, j'irai me plaindre à la direction !

L'AUTRE FILLE

Une consommation c'est une consommation ! C'est syndical. C'est sur le contrat !

LE VIEUX MUSICIEN

Tu les as vus gigoter les petits par cette chaleur ?

LA VIEILLE MUSICIENNE

A cet âge ça n'a pas encore mal aux pieds !

Ils ont regagné l'office, le petit a rejoint sa mère.

LA MÈRE

Qu'est-ce que tu faisais à cette table ? Tu sais bien que tu ne dois pas parler aux clients. Tu vas encore me faire avoir des ennuis !

LE PETIT

C'est la maman de la petite fille avec qui je joue dans le parc, qui m'a invité !

LA MÈRE, *inquiète.*

Tu t'es bien tenu, j'espère ? Toi qui manges toujours comme un petit cochon. Tu ne m'as pas fait honte ? Il faut que j'aille remercier cette dame.

LE PETIT, *épouvanté à cette idée.*

Non, maman !

LA MÈRE

Tu ignores tout des règles de la politesse, mon pauvre petit !

Elle a été à la table où la mère d'Anne-Marie la reçoit assise, avec une condescendance souriante.

Permettez-moi de me présenter, chère Madame ; je suis la maman de Frédéric et je voulais vous remercier de l'avoir accueilli à votre table... Il ne vous a pas ennuyée, j'espère ?

LA MÈRE D'ANNE-MARIE

Il a été parfait, Madame, et c'était la moindre des choses... Ce pauvre petit, toujours tout seul, fait pitié. C'est un charmant petit garçon et, ma foi, très bien élevé. Il a de très bonnes manières !

LA MÈRE, *gloussante.*

On fait son possible, chère Madame !

LA MÈRE D'ANNE-MARIE

Vous comptez en faire un musicien comme vous ?

LA MÈRE

Je crois qu'il n'aime pas la musique... Mais nous comptons, son père et moi, lui faire poursuivre ses études... Son père voudrait qu'il soit ingénieur !

LA MÈRE D'ANNE-MARIE

C'est une très bonne idée, l'industrie se développe tellement ! Je suis sûre qu'il vous donnera beaucoup de satisfactions et qu'il s'élèvera au-dessus de son milieu. Vous avez bien du mérite, Madame... Ma petite fille aime beaucoup votre petit garçon et nous serions très heureuses si vous vouliez bien nous le confier de temps en temps. Le pauvre petit est toujours si seul !

LA MÈRE, *très distinguée, minaude.*

Je vous en remercie infiniment, chère Madame !...

LA MÈRE D'ANNE-MARIE, *attendrie par sa propre bonté — tout miel.*

Il ne faut pas, Madame, il ne faut pas. On est toujours heureux de faire un peu de bien !

Elles minaudent toutes deux.

Alberto qui attendait la mère et que cela commence à ennuyer, se rapproche et coupe court aux mondanités.

ALBERTO

Alors, tu viens, cocotte ? On a tout juste le temps de s'en jeter un !

Il y a un court instant de gêne et la mère avec un dernier sourire distingué est sortie entraînée par lui.

LA MÈRE

Chère Madame ! Vous voulez bien m'excuser ?

LA MÈRE D'ANNE-MARIE, *un peu pincée.*

Madame...

Le petit et la petite se sont rapprochés pendant le dialogue des mères.

Le petit lui dit, lui montrant le couple qui

s'éloigne tandis que la mère d'Anne-Marie va chercher son ombrelle au vestiaire.

LE PETIT

Regarde. Il a du mal à marcher. Cette fois j'ai fait mettre la dose double. Le jeune homme qui lave les verres à la plonge est mon ami. Il ne reviendra pas à l'orchestre tout à l'heure, après la pause. On commencera à jouer sans lui — et puis on s'inquiétera, on ira voir, et on le trouvera mort dans les cabinets...

LA PETITE, *grave.*

Ce sera bien fait.

LA MÈRE D'ANNE-MARIE *qui rentre harnachée pour la promenade.*

Venez mes enfants, allons prendre un peu l'air pendant la pause. Il fait une chaleur ici ! Ce n'est pourtant pas sorcier d'ouvrir les baies et de baisser les stores les jours de canicule... Mais cela donnerait du travail au personnel — alors tant pis le confort des clients !

Elle est sortie suivie des enfants.

La salle s'est vidée, il ne reste plus que

l'homme et le Commissaire qui ont tout suivi sans bouger de leur table.

LE COMMISSAIRE, *quand ils sont tous sortis.*

Je reconstitue doucement...

L'HOMME, *avec une sorte d'humour sombre.*

Moi aussi. On en met du temps.

LE COMMISSAIRE

Toute la vie ! Et puis, au moment où on a enfin compris... Pfutt ! *(Il se rapproche avec une certaine malice.)* Nous pourrions peut-être nous aider l'un l'autre ? C'est cela l'interrogatoire idéal ! La vérité est si difficile à attraper par la queue, pour tout le monde... Pour le coupable, quelquefois autant que pour le policier. Seulement ils ne travaillent pas dans la même direction. C'est pour cela qu'on acquitte ou qu'on condamne à pile ou face... *(Il a un petit rire.)* Au fond on ne devrait instruire que les affaires où il y a prescription ! La justice aurait peut-être, alors, une petite chance d'aboutir... Vous êtes revenu le soir, avec votre voiture, l'attendre au bout de l'allée des tilleuls ? C'était pour partir ?

L'HOMME

Oui.

LE COMMISSAIRE

Et elle est venue jusqu'à la voiture avec sa valise ?

L'HOMME

Oui. *(Il dit soudain avec une sorte de tendresse insolite :)* La valise était trop lourde pour elle ; mais comme il y avait de la lune et qu'on risquait de me voir des fenêtres, j'ai dû la lui laisser porter jusqu'à la zone d'ombre... Elle était épuisée, elle avait peur. C'était une petite fille tout d'un coup, elle toujours si insolente... Elle s'est jetée dans mes bras, son cœur battait trop fort et, soudain, il s'est passé quelque chose que je n'imaginais pas avec elle, que je n'avais que désirée... J'ai été inondé de tendresse, du besoin de la protéger... Je n'avais jamais été qu'un petit égoïste jouisseur qui courait après son plaisir : je crois que c'est ce soir-là, à cette minute-là, que je suis devenu un homme...

LE COMMISSAIRE

Vous pouviez encore partir à cette minute... et elle vous a dit qu'elle devait remonter ?

L'HOMME

Oui.

LE COMMISSAIRE

Pourquoi ?

L'HOMME

Il ne s'était pas encore endormi, il l'attendait dans sa chambre... Elle avait profité du temps où il faisait sa toilette du soir pour porter la valise, mais il fallait qu'elle remonte... sans quoi il s'inquiéterait et la ferait chercher. Elle me suppliait d'attendre, qu'elle allait revenir... Mais je ne pouvais pas rester là, caché dans la voiture, pendant que cet homme la touchait peut-être. Je suis remonté avec elle.

LE COMMISSAIRE

D'accord avec elle ?

L'HOMME

Elle ne le voulait pas, elle avait peur, mais elle n'a pas pu m'empêcher de la suivre.

LE COMMISSAIRE

Pourquoi remontiez-vous ?

L'HOMME

Je ne sais pas. C'était absurde.

LE COMMISSAIRE

Et là-haut ?

L'HOMME

Elle m'a fait attendre dans un petit boudoir sombre attenant à la chambre. Elle est entrée pour le calmer, elle m'a dit qu'elle allait le persuader de s'endormir... Cela a été assez long. Elle est ressortie enfin, sous un prétexte. Je n'en pouvais plus derrière cette porte. Je me demandais ce que ce vieil homme l'obligeait à faire. Elle était en chemise, quand elle est ressortie, demi-nue... Je l'ai saisie. J'étais comme fou ; je l'aurais étranglée. Mais elle a plaqué sa bouche sur la mienne, moitié pour me faire taire, elle m'a enlacé et, avec cette logique de ces filles, elle a pensé qu'elle allait me calmer en se donnant à moi, là, tout de suite... Je l'ai prise par terre, sur le tapis, avec une sorte de sale joie, en pensant à l'autre qui venait de la toucher et qui l'attendait à côté — comme un affreux plaisir, oui, vous ne pouvez pas comprendre. Nous ne nous sommes jamais aimés aussi fort. Nous avons dû rouler sur le parquet, heurter un meuble ; il a pris peur et, soudain, il est apparu, géant — je ne l'avais jamais vu, c'était un homme très grand, nu, ignoble, une épée qu'il avait décrochée à la main... Alors je me suis jeté sur lui... *(Il ajoute après un petit temps :)* C'est elle qui a eu l'idée du reste. Et ce n'est qu'à ce moment-là que j'ai appris à quoi elle devait l'aider tous les soirs...

La mise en scène faite, nous sommes partis, sans rien emporter — je le croyais. Mais, par défi, et pour justifier son absence du château, elle a voulu finir la nuit dans ce casino, qui était le plus proche... Elle a tiré de sa valise une robe de bal, tout en paillettes, invraisemblable, la seule chose qu'elle avait emportée — c'était bien d'elle ! Elle s'est mise nue pour la passer dans la voiture — et nous nous sommes encore aimés sur la banquette... Et puis nous sommes venus danser ici. Elle était belle, elle n'avait jamais été aussi belle que ce soir-là... Et puis elle y mettait une sorte de défi, elle voulait se montrer avec moi dans cet hôtel, où elle savait ma femme et ma petite fille endormies... Et j'ai accepté, lâchement.

Les musiciens qui étaient rentrés pendant cette scène, attaquent dans l'éclairage changé un tango extravagant des années 30.

La vieille tout en diamants et paillettes entre en dansant, enlacée au jeune homme.

Ce n'est pas tout à fait la clocharde avachie du premier acte ; son corps est jeune et svelte dans sa merveilleuse robe, elle a seulement un étrange maquillage de tête de mort, une figure blanche et outrageusement fardée sur les rides.

Ils dansent seuls, sur la piste.

Tout l'établissement les regarde, terrifié. C'est le jeune homme et la mort des gravures du Moyen Age.

L'HOMME *murmure.*

C'est horrible, on dirait qu'il danse avec la mort.

LE COMMISSAIRE, *doucement.*

Il danse avec l'insolence, avec la jeunesse et la beauté en ce moment. Vous voyez mal.

LA VIEILLE, *dansant avec des grâces qui ne sont plus ridicules comme à sa première apparition, mais seulement terribles et pleines d'une sorte de grandeur, seul son masque est cauchemardesque. Au milieu de la danse, elle arrachera soudain son masque de mort, et finira jeune, insolente, indomptable.*

Nous sommes beaux, Minet, nous sommes jeunes. Nous nous sommes aimés deux fois, ce soir — une fois par terre dans son salon, une fois sur la banquette de ta voiture et nous allons recommencer tout à l'heure dans la chambre... Nous puons l'amour, tous les deux ! Regarde-les ! Regarde-les ! Tous ! Ils le sentent. Ils le reniflent, inquiets, leurs pauvres culs tristes vissés d'épouvante sur leurs chaises, leurs pauvres culs aux fesses serrées de bourgeois. Car tu sais, ils ont des culs qui sont comme leurs gueules, pincés. Cela pue l'amour ici depuis que nous sommes entrés ! Il sent le foutre, soudain, leur joli casino bien propre ! C'est le désordre. C'est le bordel. Regarde-les. Il n'y en a pas un qui osera danser en même temps que nous. Ils nous laissent seuls comme des rois, comme des condamnés à mort ! Ils ont l'impression qu'il faudrait appeler la police, le gérant, le maître d'hôtel, quelqu'un qui fasse cesser le scandale — mais ils n'osent pas. On est des clients comme les autres et ils ne voudraient pas, non plus, commettre un impair... Et puis ma robe, elle est de Dior, toutes leurs bonnes femmes l'ont déjà vu. Et ils ont beau dire, ça les frappe ! Elle a coûté six mois de leurs fermages, ma robe ! Et elle est à moi, je l'ai gagnée ! A moi comme mes seins de petite putain, comme mes fesses que je leur tortille sous le nez. Et j'en fais ce que je veux ! Mon rire est à moi. Ma joie est à moi. Je pue l'amour — et ils le savent, que je les emmerde ! Et, le plus beau, c'est que sous leur haine, sous leur mépris, sous leur trouille : ils se demandent obscurément en ce moment, s'ils n'ont pas tous vécu comme des cons ! *(Elle s'écrie avec une sorte de rire sauvage :)* C'est ça, la révolution, Minet ! Mais ça donne soif ! *(Elle est tombée assise à une table, l'entraînant. Elle appelle :)* Garçon !... Du champagne !... Et portez-en deux bouteilles à l'orchestre... Qu'on rigole un peu, entre truands... Ça sent le moisi, ici !

Il y a un moment d'affolement chez les garçons, les maîtres d'hôtel, le concierge accouru, qui se consultent et se bousculent d'émotion.

Finalement on apportera les bouteilles de champagne.

Les clients se sont levés et quittent la salle, y compris la grand-mère qui était rentrée avec sa fille vieillie et les enfants.

LA GRAND-MÈRE

Montons, Anne-Marie ! Venez les enfants ! Ce n'est pas un spectacle pour vous ! Je ne pensais tout de même pas que cet établissement puisse être tombé aussi bas !

La salle est déserte, il n'y a plus que l'étrange couple affalé à une table, un peu essouflé et plus au fond, l'homme qui les regarde, fasciné et le Commissaire.

LA FILLE, *avec une sorte de tendresse bizarre soudain prenant la main du jeune homme.*

Tu ne dis rien ? Tu as encore un peu peur, Minet ? Je t'apprendrai aussi le courage. C'est le seul secret. Le vieux cochon, il l'avait de race — il faut lui reconnaître ça. Il n'avait peur de rien, le vieux — jamais ! Avec tous les vices — il m'a appris ça aussi. Son plaisir tout de suite, quand ça le prenait et il payait — avec son fric ou avec son sang, selon — tu ne peux pas savoir le nombre de fois où je l'ai ramené amoché, au château. C'était un seigneur, le vieux, des temps anciens, de ceux qui avaient tout conquis par la force ! Il me l'a expliqué, une fois, les seigneurs, les vrais, c'étaient d'anciens bandits... *(Elle ajoute soudain, dure, étrange :)* Ah, tu vois, s'il avait eu trente ans de moins, je crois bien que je l'aurais aimé, le salaud !

L'orchestre, à qui on a servi le champagne, a délégué un des deux vieux musiciens pour remercier, après un bref conciliabule à voix basse.

Le vieux musicien s'avance à la table, violon sous le bras, sa flûte de champagne à la main.

LE MUSICIEN

Madame, Monsieur, je viens au nom de tous mes camarades vous présenter les remerciements de l'orchestre et vous dire que si vous vouliez bien nous indiquer le titre du morceau qu'il vous serait agréable d'entendre, nous nous ferions un plaisir...

LA FILLE, *trinquant avec lui.*

Ça va mon vieux ; ne te fatigue pas ! A ta santé ! N'importe quel morceau, mais joue-le-nous à la table !

LE VIEUX MUSICIEN, *un peu affolé.*

C'est que ce n'est pas l'usage de l'établissement, Madame ! Et je ne sais si je peux me permettre... Il faudrait consulter la direction...

LA FILLE, *superbe.*

Je me la mets au cul, la direction ! Moi non plus je ne suis pas le genre de l'établissement. Joue, je te dis !

Le vieux musicien a un regard affolé vers ses camarades ; puis il commence à jouer un morceau langoureux, genre tzigane, à la table du couple.

La fille attendrie soudain après avoir écouté un peu le violon :

Je t'apprendrai la vie, Minet... Je t'apprendrai l'amour. *(Elle lui confie doucement :)* Tu sais même sur les tapis, ou debout contre les portes, ça n'empêche pas la tendresse, au contraire... Ça non plus c'est quelque chose, qu'ils ne savent pas. Ils ne savent que compter, ces cons-là !

Le vieux joue, elle écoute encore un peu, puis continue avec une sorte de complicité tendre :

Tu sais, la valise trop lourde, que je n'arrivais pas à porter jusqu'au bout de l'allée... Il n'y avait pas que ma belle robe et mes trois culottes dedans... Les deux gros paquets, dans des vieux journaux : c'était de l'or... *(Elle a un petit rire.)* Personne ne savait qu'il l'avait, dans une cache du parquet de sa chambre : il se méfiait de ses hommes d'affaires, le vieux malin, et c'était moi qu'il avait envoyée l'acheter sans le dire à personne, dans une banque de Clermont-Ferrand où on ne le connaissait pas, il y a deux ans. Il n'y avait que moi et lui qui savions !

LE JEUNE HOMME, *sourdement.*

Je ne veux pas de son or.

LA FILLE, *gentiment.*

Tu ne le verras jamais, mon minet. On le jouera. On gagnera avec lui des billets tout neufs, bien propres, des billets du Casino qui ne sentent rien. C'est beau l'argent qui ne sent pas la sueur ! Et on les dépensera à toute vitesse pour des bêtises — pour rien — pour être les plus beaux, pour rigoler et voir la tête des autres qui les respectent et qui les gardent... *(Elle ajoute plus bas, secrètement :)* Et puis je l'ai gagné, tu sais, son or. Je l'ai gagné avec ma jeunesse... Parce que je ne te l'ai jamais dit, quand il m'a achetée à mon père, le vieux porc, je croyais encore à la lune, moi aussi — autant qu'à ma robe de communiante que j'ai jamais eue ! *(Elle crie soudain violente au vieux qui joue toujours :)* Merde ! Arrête ton zinzin, toi, ou je vais chialer !

Elle s'est dressée, elle commande :

Garçon ! Allez dire au chef de la réception, ou, si ce connard est couché, au concierge, que nous voudrions un appartement, Monsieur et moi. Le 17 ! Le plus cher ! La suite royale qu'ils disent, quoiqu'il n'y ait jamais eu un roi qui ait foutu les pieds ici !

Elle ajoute, superbe et cocasse :

Et mets-moi la main sur les fesses en montant, mon minet — qu'ils comprennent bien tous ce que nous allons faire ! Ça ne leur foutra jamais qu'une crise de foie de plus ! C'est de ça qu'ils crèvent, tous, tellement ils bouffent...

Ils ont fait une sortie triomphale sous les yeux atterrés de tout le hall.

Le concierge se précipite, hors de lui.

LE CONCIERGE

Je vous demande pardon, Messieurs-Dames. Je vous demande pardon, Monsieur le Commissaire principal ! Jamais, jamais de son temps, l'ancienne direction n'aurait toléré une chose pareille ici ! Mais cette jeune personne est une très grosse cliente du privé et son protecteur a la majorité des parts de la Société Fermière. Alors on accepte. On accepte tout ! L'hôtellerie n'est plus ce qu'elle a été !

Il s'en va désespéré avec un grand geste, comme s'il allait se pendre.

Les musiciens trinquent à l'orchestre dans la salle restée vide.

LES MUSICIENS

— A la vôtre !

— A la bonne vôtre !

— A la tienne, vieux poivrot !

— Tchin, tchin !

— Tchin, tchin !

— Elle a eu du cran la petite ! Vous avez vu comme elle les a engueulés !

— Elle l'avait facile ! C'est la petite amie du principal actionnaire de la maison !

— Tout de même... Il faut avoir le culot de le faire !

LA MÈRE *s'écrie soudain.*

Et Alberto ? Où est Alberto ?

LES MUSICIENS

— Tiens, il y avait longtemps.
— Ils sont toujours en train de se chercher, ces deux-là !
— Quoi Alberto ? Mais il était là il y a une minute !
— Mais non ! C'est vrai qu'il n'est pas revenu à la fin de l'entracte !

LE VIEUX MUSICIEN

Merde ! On a joué deux morceaux sans s'apercevoir qu'on n'avait pas de saxo ! C'est tout de même mystérieux la musique.

LA MÈRE *s'écrie.*

Il m'avait dit qu'il allait aux cabinets ! Mon Dieu, il n'est pas ressorti des cabinets !

Elle se précipite comme une folle, suivie d'un des musiciens.

LES MUSICIENS

— Il a peut-être tout simplement la colique...
— Ou il a bloqué la porte. Une fois ça m'est arrivé quand j'étais petit !
— Il aurait appelé. Ce n'est plus un môme !
— Il s'est peut-être trouvé mal ?
— Pensez-vous ! Il boude. Je crois qu'ils s'étaient encore disputés tous les deux, à cause du petit !

La mère et le musicien entrent portant le corps d'Alberto.

Le petit garçon et la petite fille ont surgi, se tenant par la main et regardent la scène, muets.

LA MÈRE *brame.*

Un médecin ! Il faut aller chercher un médecin !

LES MUSICIENS *s'empressent et se bousculent.*

— Étendez-le !
— Quelle histoire !
— Crotte, il est lourd !
— On ne devrait peut-être pas montrer ça aux clients !
— Comme il est blanc !
— A son âge, ça ne peut pourtant pas être une attaque !

— Il faut aller chercher de l'arnica !
— De la teinture d'iode !
— J'ai de l'aspirine dans mon sac !
— Non ce n'est pas la peine... Il revient à lui.
— Il va parler.

ALBERTO, *faiblement.*

Le Pernod.

LA MÈRE, *qui le soutient.*

Quoi, le Pernod, mon grand chien ?

ALBERTO

Le Pernod était empoisonné !

Il retombe inerte.

LE MUSICIEN, *qui lui a pris le pouls.*

Mort.

UNE FILLE *murmure.*

Merde ! ça la fout mal à l'orchestre.

LA MÈRE *se jette sur son corps, hurlant.*

Mon grand chien ! Mon grand chien ! C'est ta loute ! C'est ta loute ! Dis-moi quelque chose ! Dis-moi quelque chose !

LE MUSICIEN, *bêtement.*

Qu'est-ce que vous voulez qu'il vous dise ?

La lumière a baissé dans la stupeur générale, sur ce tableau navrant.

Les musiciens emportent discrètement le corps dans la pénombre.

LE COMMISSAIRE *demande à l'homme.*

Et il a dit quelque chose ?

L'HOMME *a un sourire.*

Non.

LE COMMISSAIRE, *cocassement.*

C'est dommage ! Ça aurait pu être intéressant !

La lumière a continué à baisser jusqu'au noir pendant ce court dialogue.

Quand elle remonte aussitôt, réelle, l'orchestre en ordre sur l'estrade joue un morceau très élevé, y compris Alberto qui souffle en excellente santé dans son saxophone.

Le petit et la petite fille ne sont plus là.

Le Commissaire et l'homme n'ont pas bougé.

LE COMMISSAIRE *demande :*

Bien entendu, ce n'était pas vrai ?

L'HOMME *a encore un sourire étrange.*

Non. Le garçon de la plonge n'avait rien mis dans le verre… Mais il l'avait tant rêvé !… *(Il ajoute plus dur :)* Il ne pouvait pas supporter les hommes qui touchaient sa mère.

LE COMMISSAIRE, *incisif soudain.*

Ni les hommes qui touchaient la femme qu'il aimait, plus tard ? Et cela se mélangeait un peu ?

L'HOMME, *sourdement.*

Oui.

LE COMMISSAIRE

Il aurait dû y penser au procès ! C'est si facile, avec un bon avocat, de glisser dans le passionnel. Et au moment de l'ardoise, cela revient moins cher.

L'HOMME

Il n'a pas voulu. Il avait une sorte d'honnêteté.

LE COMMISSAIRE

Oui. On dit les vices... Et pour finir, c'est toujours l'honnêteté qui nous perd. C'est très amusant, les hommes !

Il voit entrer le jeune homme et dit soudain, devenu dur, avant d'aller brusquement à lui.

Maintenant nous allons jouer serré.

Il aborde le jeune homme qui avait pris son imperméable au portemanteau et allait sortir.

Frédéric Walter ?

LE JEUNE HOMME, *surpris.*

Oui.

LE COMMISSAIRE, *lui montrant sa carte.*

Commissaire principal Javron, de la Sûreté générale. J'ai un mandat d'amener contre vous. *(Il l'entraîne vers une table.)* Mettons-nous là. *(Le jeune homme s'assoit, le Commissaire enchaîne :)* Vous êtes accusé du meurtre du vicomte de Lépaud. Je vous avertis que tout ce que vous allez dire peut être retenu contre vous et que vous pouvez refuser de parler hors de la présence de votre avocat.

LE JEUNE HOMME

Je ne veux pas d'avocat.

L'HOMME *s'est avancé avec une sorte de timidité.*

Même moi ?

LE JEUNE HOMME *le regarde et dit.*

Vous êtes avocat ?

L'homme ne répond pas. Les trois hommes se sont installés.

Le Commissaire fait signe au garçon qui s'approche.

LE COMMISSAIRE

Voulez-vous prier l'orchestre de s'arrêter de jouer ?

Le garçon va parlementer avec l'orchestre qui s'arrête, et revient.

LE GARÇON

Les musiciens demandent s'ils peuvent partir.

LE COMMISSAIRE

Non. Ils seront peut-être appelés à témoigner. Que personne ne bouge du Casino. Nous aurons sans doute besoin de tout le monde. *(Le garçon s'est éloigné, le Commissaire se retourne vers le jeune homme et attaque :)* Vous vous appelez Frédéric Walter, vous avez vingt-sept ans. Vous êtes né le 27 juin 1919 à Montluçon, de Lucien-Pierre-André Walter, tailleur, et de Marie-Germaine Couture, son épouse, musicienne. Après la guerre votre père, démobilisé, n'a pu reprendre son commerce dans cette ville et il est monté à Paris exercer son métier de coupeur-tailleur. Vous avez fait des études moyennes à l'école primaire supérieure Turgot et vous êtes entré à l'école des Arts et Métiers, dont vous avez été renvoyé à la fin de la première année. Vous avez alors exercé, sans grande réussite, divers métiers, jusqu'au jour où vous avez rencontré et épousé une amie d'enfance, Anne-Marie Delafond, dont la mère vous a confié un poste de direction dans son usine. Vous avez eu deux enfants de ce mariage et vous avez abandonné votre femme pour partir avec Marie-Josépha Percepied, sans profession définie, mais se disant gouvernante du vicomte de Lépaud, domiciliée au château de Lépaud. Ces faits sont exacts ?

LE JEUNE HOMME

Oui.

LE COMMISSAIRE

Le 28 septembre 1947, le vicomte de Lépaud a été retrouvé pendu par un foulard de soie, ses pieds touchant à peine le sol, à l'espagnolette d'une des fenêtres de sa chambre. La fille Marie-Josépha Percepied avait quitté le château le soir même, lassée, disait-elle, des traitements indignes de son protecteur. En vérité, c'était pour vous rejoindre. Le soir même du meurtre votre présence à tous deux était signalée dans cet établissement, où vous dansiez et sabliez le champagne, avant d'y prendre une chambre et d'y séjourner jusqu'au surlendemain.

LE JEUNE HOMME

Oui.

LE COMMISSAIRE

En partant avec elle et en abandonnant votre poste à l'usine de votre belle-mère, quels moyens d'existence pensiez-vous vous assurer à tous les deux ?

LE JEUNE HOMME *a un sourire insolent.*

Vous avez déjà enlevé une fille dont vous étiez très fort amoureux ?

LE COMMISSAIRE, *un peu démonté soudain.*

Non. J'ai eu une vie familiale très simple.

LE JEUNE HOMME

C'est dommage. Cela vous aurait évité de me poser cette question.

LE COMMISSAIRE *reprend, vaguement vexé.*

J'admets que vous n'étiez pas parti tout à fait sans argent, de quoi régler vos folies des premiers jours. Mais vous dépensiez beaucoup... tous les témoignages le confirment. Par la suite, de quoi avez-vous vécu ?

LE JEUNE HOMME

Du jeu.

LE COMMISSAIRE

Vous perdiez souvent de très grosses sommes.

LE JEUNE HOMME

C'est vrai. Celles que nous avions gagnées la veille.

LE COMMISSAIRE

Vous connaissiez le vicomte de Lépaud ?

LE JEUNE HOMME

Non.

LE COMMISSAIRE

Votre mère avait vécu toute sa jeunesse dans la région. Vous-même ne l'avez quittée qu'à l'âge de quatre ans. Vous n'aviez jamais entendu parler de lui ?

LE JEUNE HOMME

Si, comme tout le monde.

LE COMMISSAIRE

Avant ce soir où vous êtes venu attendre Mademoiselle Percepied au bout de l'allée de tilleuls, vous n'étiez jamais venu au château ?

LE JEUNE HOMME

Si. Petit. Comme beaucoup de garçons du pays.

LE COMMISSAIRE

En quelles circonstances ?

LE JEUNE HOMME

Tous les gamins du village escaladaient le mur d'enceinte pour venir braconner ou dénicher des nids dans le parc.

LE COMMISSAIRE

Au château même ; conduit par votre mère ? Nous avons là le témoignage d'un vieux serviteur du vicomte.

LE JEUNE HOMME, *après un temps.*

J'avais quatre ans. Cinq peut-être. J'avais oublié.

LE COMMISSAIRE

Une visite en ce lieu mystérieux, chez cet homme à la réputation prestigieuse, dont l'existence scandaleuse était l'objet de la curiosité de tout le pays, aurait dû pourtant vous laisser un souvenir ?

LE JEUNE HOMME

Non.

LE COMMISSAIRE

Laissons cela... Depuis cette visite — dont vous ne vous souvenez plus — vous n'avez jamais revu le vicomte ?

LE JEUNE HOMME

Jamais. Pourquoi l'aurais-je revu ? J'avais suivi ma famille à Paris.

LE COMMISSAIRE

Votre mère, lorsqu'elle s'est mise à jouer dans des orchestres a fait plusieurs saisons dans ce Casino, qui n'est distant que d'une cinquantaine de kilomètres du château de Lépaud.

LE JEUNE HOMME

Je n'avais aucune raison d'y revenir. J'étais un petit garçon en vacances et mes promenades à bicyclette ne me menaient jamais aussi loin. Mon établissement dans la région ne date que de mon mariage avec Anne-Marie Delafond.

LE COMMISSAIRE

Et la famille Delafond ne fréquentait pas le vicomte ?

LE JEUNE HOMME *a un sourire.*

Vous connaissez mal les mœurs de cette province, Monsieur. Il y avait un abîme infranchissable entre les Delafond, qui étaient des industriels riches de petite origine bourgeoise et le château... Madame Delafond mère, dans ses moments de plus folle vanité, n'a jamais pu imaginer qu'elle pourrait un jour en franchir le seuil.

LE COMMISSAIRE

Et votre mère, elle, si on en croit le témoignage de ce vieux serviteur du vicomte, l'aurait franchi ?

LE JEUNE HOMME

Le vicomte de Lépaud invitait parfois à vider une bouteille avec lui le chauffeur de taxi qui l'avait conduit de la ville, si cet homme l'amusait — jamais les notables du pays. Avec le chauffeur l'énormité de la distance sociale la supprimait à ses yeux — mais il lui aurait paru parfaitement ridicule d'offrir une tasse de thé à la femme du Président du Tribunal

LE COMMISSAIRE *qui le regarde avec un petit sourire.*

Vous semblez le comprendre assez bien, et parler de lui avec une certaine sympathie...

LE JEUNE HOMME, *évasif*

Peut-être. Avec le temps.

LE COMMISSAIRE

Au Casino, petit garçon, vous étiez le fils de la pianiste, mêlé aux autres enfants, fils de clients. Cette situation un peu ambiguë et peut-être parfois humiliante, en avez-vous souffert ?

LE JEUNE HOMME

Je n'en ai pas le souvenir.

LE COMMISSAIRE

Vous n'aviez pas le sentiment, conscient de votre intelligence et de la qualité de votre personnalité, que vous valiez mieux que ce que vous étiez et que le sort avait été, en quelque sorte, injuste avec vous.

LE JEUNE HOMME, *fermé*.

Je ne sais pas ce que vous voulez dire.

LE COMMISSAIRE, *soudain*.

Excusez-moi si je vous blesse mais nous avons des témoignages concordants qui établissent que, toute jeune femme, juste avant ou tout de suite après son mariage, votre mère avait été la maîtresse du vicomte de Lépaud. Est-ce un fait que je vous apprends ?

LE JEUNE HOMME, *après un silence*.

Non.

LE COMMISSAIRE *continue.*

Vous étiez un enfant difficile, ombrageux, secret, mal à l'aise dans sa peau — d'une fierté, d'une susceptibilité maladives ; les témoignages que nous avons pu recueillir des musiciens amis de votre mère, de vos camarades d'autrefois, insistent tous sur ce point. Votre mère avait des liaisons. Vous en souffriez. Pendant la saison d'été 1929, dans ce Casino même, votre mère s'était liée avec un musicien de l'orchestre, un certain Alberto Bachman, saxophoniste. Rien n'a pu être établi très exactement, je vous le dis tout de suite, et, d'ailleurs ce fait, qui relève du tribunal des Mineurs, ne peut être retenu aujourd'hui, contre vous... Mais une rumeur prétend qu'à plusieurs reprises, avec des drogues enfantines, de votre composition — parfaitement inoffensives, d'ailleurs — vous avez tenté de supprimer cet homme. C'est exact ?

LE JEUNE HOMME

Peut-être. Je ne me souviens plus. Je n'ai jamais eu de souvenirs d'enfance, j'ai tout oublié.

LE COMMISSAIRE

C'est commode !

LE JEUNE HOMME

Détrompez-vous, c'est quelquefois angoissant. Heureux ceux qui donnent encore la main à un petit garçon tranquille qui a été eux ! Mon enfance est un brouillard dont n'émergent que quelques visages.

LE COMMISSAIRE

Celui de votre mère tout de même ?

LE JEUNE HOMME, *sourdement.*

Je l'ai aimée passionnément, petit ; puis, en grandissant, je me suis mis à la haïr. Ce n'est que depuis qu'elle est morte qu'une image de cette jeune femme légère et tendre, qu'elle a sans doute été, s'impose à moi. Son odeur, sur son oreiller que je serrais contre moi le soir pour m'endormir — et que j'ai longtemps oubliée aussi —, m'est revenue, comme un pardon.

L'HOMME, *soudain.*

Ta mère t'a aimé. Je peux te le dire.

LE JEUNE HOMME, *agressif.*

Qu'en savez-vous ?

L'HOMME, *sourdement.*

Je l'ai connue aussi.

LE COMMISSAIRE

Et de ce brouillard de votre enfance, quelles images émergent encore ?

LE JEUNE HOMME

Les visages de quelques musiciens de l'orchestre, de quelques employés du Casino. Celui d'un vieux veilleur de nuit de l'hôtel, particulièrement, que j'aimais beaucoup et qui doit être mort.

LE COMMISSAIRE

Non. Nous l'avons retrouvé. Nous l'interrogerons. Celui d'Alberto Bachman ?

LE JEUNE HOMME

Oui. Celui-là, je ne l'ai pas oublié. Il est encore vivant ?

LE COMMISSAIRE

Oui. Lui aussi témoignera. Dans vos souvenirs, si vagues qu'ils soient, l'image du vicomte de Lépaud, comment la revoyez-vous ?

LE JEUNE HOMME, *durement soudain, après un temps.*

Un vieil homme nu, ignoble, avec une épée à la main, qui me regardait en ricanant.

L'HOMME *s'écrie, se levant à demi.*

Petit !

LE COMMISSAIRE, *doucement à l'homme, le faisant rasseoir.*

Vous pouvez le conseiller, vous ne pouvez pas interrompre la marche de l'instruction. Je lui ai posé une question et il vient librement de me répondre. *(Il reprend après un petit temps.)* Le vicomte de Lépaud n'a pas pour vous un autre visage, plus jeune, peut-être plus tendre ? Un visage du temps de cette dernière visite quand vous alliez tous deux quitter le pays ?

LE JEUNE HOMME, *sourdement après un petit temps aussi.*

Pas plus tendre, non. Curieux. Il me scrutait avec une sorte d'ironie méchante. Il a murmuré avec une moue de mépris : « Un visage de fille ! » Puis il a ajouté avec un petit coup de poing pour rire sur mon maxillaire. « Mais il a tout de même ma mâchoire ! Ce sera un carnassier. Soigne-le bien ! On verra ce qu'on pourra faire pour lui plus tard. »

LE COMMISSAIRE

Votre mère vous a dit quelque chose en revenant de cette visite ?

LE JEUNE HOMME

Non. Je me rappelle seulement qu'elle a fait un mensonge à mon père en rentrant à la maison ; elle lui a dit que nous étions allés faire nos adieux au directeur de mon école. Et quand j'ai raconté à mes tantes questionneuses qu'on venait de voir un monsieur au château, elles ont ricané entre elles, avec des mimes. Le lendemain nous partions pour Paris.

LE COMMISSAIRE

Et votre mère ne vous a jamais parlé ?

LE JEUNE HOMME, *après un petit temps, sourdement.*

Si, beaucoup plus tard. A dix ans, peut-être. J'avais été humilié un jour par le gérant du Casino qui m'avait fait sortir de la salle de bal où je m'étais mêlé aux clients un soir de gala, où un enfant, en effet, n'avait rien à faire... Elle m'a dit que j'étais le fils d'un prince, et qu'il fallait que je sois plus fier que les autres qui n'étaient rien à côté de moi.

LE COMMISSAIRE

Et que vous a fait cette révélation ?

LE JEUNE HOMME

Elle m'a aidé à me sentir différent. Et encore plus seul.

LE COMMISSAIRE

Et pendant toute votre enfance, vous n'avez jamais revu le vicomte de Lépaud ?

LE JEUNE HOMME, *dur.*

Non. Il n'a jamais eu la curiosité de me revoir.

L'HOMME, *soudain.*

Si. Une fois, à vingt ans. Tu ne dis pas tout. Maintenant il faut tout dire. A l'enterrement de ta mère. Il y était venu. Je me demande pourquoi. S'il avait dû enterrer toutes les filles qu'il avait connues !... Il ne chassait pas sans doute, ce matin-là. Il t'a serré la main, avec son sourire amusé et toujours cette petite curiosité aiguë dans l'œil, en te scrutant. Vous êtes restés quelques secondes l'un en face de l'autre, dans le vent d'hiver qui soulevait le voile des femmes, avec tout le village en noir autour de vous qui vous regardait, et le curé qui s'était arrêté de prier. Parce que, bien entendu, tout le monde savait. Tout le village l'avait reconnue depuis longtemps la mâchoire de son seigneur.

LE COMMISSAIRE

Et qu'avez-vous ressenti, pendant ce court face à face avec celui qui vous avait donné la vie ?

LE JEUNE HOMME, *simplement.*

La haine.

LE COMMISSAIRE

Plus tard, vous a-t-il reconnu, quand il a surgi nu, une épée à la main, dans ce petit salon obscur où vous étiez en train d'étreindre cette fille ?

LE JEUNE HOMME

Oui. Il m'a reconnu.

LE COMMISSAIRE

A-t-il dit quelque chose ?

LE JEUNE HOMME

Il a dit : « Petit salaud ! » Et il s'est jeté sur moi.

Des machinistes sont entrés qui commencent à enlever les meubles autour d'eux et à faire monter aux cintres certains éléments de décor.

LE COMMISSAIRE *s'écrie, agacé.*

Qu'est-ce que c'est ? J'avais interdit qu'on nous dérange !

L'HOMME, *neutre.*

Les machinistes qui commencent à planter le décor de la cathédrale. C'est là que ça doit se terminer.

LE COMMISSAIRE

Alors qu'ils fassent cela discrètement, et sans bruit

Pendant les scènes qui suivent le changement s'opérera peu à peu.

A la fin on sera dans la cathédrale, curieusement mélangée au décor de l'hôtel dont certains éléments (le piano, les pupitres des musiciens et les tables qui entourent la piste, avec leurs nappes blanches) sont restés, insolites.

LE COMMISSAIRE

Frédéric Walter, vous venez d'avouer que vous aviez étranglé le vicomte de Lépaud. L'avez-vous étranglé pour lui prendre cette fille que vous désiriez, cette fille qu'il avait, admettons-le, souillée — ou pour vous venger obscurément de vous avoir créé et abandonné dans un monde où vous deviez toujours vous sentir seul ?

Le jeune homme ne répond pas.

LE COMMISSAIRE *reprend doucement.*

Je vous tends là une perche et la réponse que vous allez me faire peut influer dans un sens ou dans l'autre sur la décision du jury. C'est de votre tête qu'il s'agit, Frédéric Walter ! Non que le parricide — même adultérin, si j'ose dire — soit une circonstance atténuante prévue par la loi, mais enfin, quoique rien n'ait encore été prouvé, la présomption d'un crime crapuleux pèsera toujours sur l'esprit des jurés et elle risque de peser infiniment plus lourd que la haine.

LE JEUNE HOMME, *fermé.*

J'ai avoué. Votre travail est fait, Monsieur.

L'HOMME *demande doucement.*

Puis-je l'aider à répondre ?

LE COMMISSAIRE

Si vous voulez.

L'HOMME

Quand tu l'as eu soudain en face de toi, dans sa nudité répugnante, son vieux masque de carnassier tendu, quand il t'a giflé à toute volée, avec cette ironie et ce mépris glacés que tu connaissais bien dans son œil, après avoir repris cette fille par le poignet — qui as-tu vu soudain dans ses mains ?

LE JEUNE HOMME, *sourdement.*

Ma mère. Ma mère petite, des photos d'autrefois.

L'HOMME

Cette fille demi-nue souillée, déjà lâche et soumise, prête à se laisser reprendre par ce vieux mâle ignoble, si tu ne le tuais pas tout de suite, c'était elle, n'est-ce pas ?

LE JEUNE HOMME

Oui.

Il y a un silence.

LE COMMISSAIRE, *doucement.*

Qu'il ait aimé ou non votre mère — et cela vous ne le saurez jamais — cet homme était tout de même votre père ?

LE JEUNE HOMME, *violent soudain.*

Non ! Mon père était tailleur. Il coupait grave et calme ses costumes, debout. Et après, il expliquait aux ouvriers doucement comment il fallait faire ou ne pas faire... Dès le matin il travaillait avec ses grands ciseaux qui ne se trompaient jamais, pour nous faire vivre. Et le soir, en rentrant à la maison, il me soulevait de terre avec ses grandes mains fortes, qui avaient travaillé, il me regardait dans les yeux et il me demandait si j'avais été sage, si je n'avais pas fait pleurer maman. Et il avait de grands yeux tristes parce que maman ne l'aimait pas. Et moi, tout petit déjà, je lui mentais, pour qu'il n'ait pas de peine — je ne lui disais pas quand elle était sortie... Il a travaillé jusqu'au bout — humblement — sans rien demander à la vie que cet amour, que moi je lui donnais... Et ma mère, jalouse, avait beau me dire qu'il n'était rien pour moi, je n'ai jamais eu d'autre père. Le 28 septembre, j'ai mis de l'ordre, voilà tout.

Il y a un silence tandis que les machinistes continuent à travailler silencieusement autour d'eux.

L'homme conclut sourdement :

L'HOMME

Lui aussi était un seigneur.

LE JEUNE HOMME

Oui.

LE COMMISSAIRE *reprend, net, plus agressif.*

Un jour, il faut croire que les pertes avaient dépassé sérieusement cette fois les gains de la veille, vous vous êtes aperçus que vous n'aviez plus d'argent tous les deux. Vous avez décidé d'attaquer les convoyeurs de fonds d'une petite banque de la région. Avec une voiture volée la veille vous avez intercepté leur fourgon et vous avez tiré pour protéger votre fuite, blessant grièvement deux hommes.

L'HOMME, *se dresse soudain.*

Laissez-le maintenant. A partir de là, ça me concerne !

LE COMMISSAIRE *agacé,*
tranchant soudain.

Pas encore ! Les emmerdements avec vous, cela sera pour mes collègues plus tard ! Je ne suis pas encore à la retraite et j'ai encore affaire à lui ! Le petit couple arrogant qui avait tout pour lui : la jeunesse, la beauté, la chance — et qui a foutu la trouille à la moitié de la France pendant six mois ! Tu l'as vu plus tard, évadé de cabane, le film qu'on a tiré de votre histoire ? Il y a des gens qui font du fric de tout ! Les deux petits anges insolents du plaisir et de la mort. Ah ! il s'en est payé le cinéaste ! Et les connards, les pieds dans leurs pantoufles qui buvaient cela comme du petit lait, en lapant leur soupe et en giflant leurs gosses devant leur télévision ! Cela a été aussi beau qu'au cinéma, dans la vie votre histoire ?

LE JEUNE HOMME, *sourdement.*

Non. Elle a recommencé à courir. Elle a rencontré un homme de ce milieu, qui nous avait aidés dans un coup. Un homme qui était plus proche d'elle que moi, et elle s'est donnée à lui.

Peu à peu tous les personnages de la pièce ont surgi pendant l'interrogatoire du décor assombri.

Les musiciens sont descendus de leur estrade que les machinistes d'ailleurs n'ont pas tardé à faire disparaître. Ils forment un groupe confus un peu en retrait comme les spectateurs d'un procès et ils écoutent.

Marie-Josépha, jeune comme à la cathédrale, quitte le groupe et s'avance, avec son imperméable, son béret, son air voyou.

MARIE-JOSÉPHA

Mon minet, tu emploies toujours de grands mots ! Tu ne comprends rien à rien. Tu auras eu beau réussir tous tes casses comme un dur et flinguer courageusement avec les autres, tu seras toujours resté un petit cave ! Qu'est-ce que ça veut dire, je te le demande, « donnée à lui » ? Au Marcel ? avec sa sale gueule de petite frappe ?

LE JEUNE HOMME *s'est dressé.*

Tu n'as pas couché avec lui ?

MARIE-JOSÉPHA

Si, bien sûr, j'ai couché avec lui. Un mois, si tu veux le savoir. Mais il ne faut tout de même pas employer des mots bizarres ! Donnée à lui ! Et puis quoi ? Je n'ai jamais rien donné à personne qu'à moi ! Comme tout le monde. Comme toi.

LE JEUNE HOMME *a un cri.*

Comme moi ?

L'homme s'est avancé, il prend Marie-Josépha par le bras avec une sorte de familiarité ferme et tendre et la retourne vers lui.

L'HOMME

Tu es sûre que tu n'as jamais rien donné, petite idiote ? Le soir où tu t'es effondrée dans mes bras, sanglotante de peur, avec ta valise trop lourde, qu'est-ce que tu m'as dit, le nez dans mon cou ?

MARIE-JOSÉPHA *le regarde sidérée*
puis s'exclame soudain, cocasse.

Tu as rudement vieilli ! Mais ça te va bien les rides.

Ils se regardent tous les deux, elle se trouble un peu sous le regard de l'homme et avoue soudain comme à regret :

Oui. Je t'ai aimé toi... Enfin, je le crois... ou en tout cas, je t'aurais aimé si j'avais eu que ça à faire, comme les filles de chez vous... Mais on n'avait pas beaucoup le temps d'approfondir le sentiment, avec la vie qu'on menait ! Tu te rappelles ? Ça n'a duré que six mois, mais ça valait tout de même le coup, non ?

L'HOMME, *un sourire jeune*
sur son visage soudain.

Si.

MARIE-JOSÉPHA, *avec une fierté de gosse, prononçant mal.*

Bonny and Clyde ! Tu te souviens, dans les journaux de l'époque, on l'avait lue leur histoire ! Et on a fait presque aussi bien qu'eux avec nos petits moyens français ! Ah, leur pétoche ! Leur pétoche à tous pendant six mois ! On était partout ! On réussissait tout ! On s'est bien vengés ! Tu regrettes, toi ?

L'HOMME, *avec une sorte de tendresse amusée.*

Non !

MARIE-JOSÉPHA

Des seigneurs ! Des vrais, comme ceux du temps dont parlait le vieux ! *(Elle crie soudain farouche :)* Oui je t'ai aimé imbécile mais tu ne t'en es même pas aperçu ! *(Elle ajoute fermée :)* Et puis tu pensais tout de même tout le temps à ta femme et à tes gosses et c'est ça que je t'ai pas pardonné !

LE COMMISSAIRE *demande.*

Anne-Marie Delafond et les enfants sont là ?

La jeune femme sous son aspect de la cathé-

drale sort du groupe et s'avance avec les enfants. Le Commissaire compulse ses papiers :

Vous êtes Anne-Marie Delafond née le 17 septembre 1921 à Guéret — d'Adhémar-François-Gaston Delafond et de Gabrielle-Marie-Louise Fessard son épouse — épouse divorcée de Frédéric Walter ?

LA JEUNE FEMME, *nette.*

Non. Je suis toujours sa femme. Je n'ai jamais demandé le divorce.

LE COMMISSAIRE *grommelle, dans ses papiers.*

Vous êtes sûre ? Qu'est-ce qu'ils m'ont foutu ? Ils m'ont mis épouse divorcée par le jugement du...

LA JEUNE FEMME

Il a dû y avoir confusion. J'avais demandé une séparation de corps pour la commodité de la vie des enfants — il y avait toujours des signatures à donner pour les écoles... Mais je n'ai jamais demandé le divorce...

LE COMMISSAIRE, *dans ses papiers.*

La confusion a dû venir de là. On paie des gens pour faire un métier et ils ne le font jamais bien! Ainsi, vous dites que vous n'avez jamais voulu divorcer?

LA JEUNE FEMME

Non.

LE COMMISSAIRE

Pourquoi? La loi vous en donnait le droit absolu.

LA JEUNE FEMME, *nette.*

J'étais sa femme.

L'homme et la jeune femme sont debout l'un en face de l'autre. Ils se regardent.

La jeune femme à l'homme, dure :

Et moi je n'ai jamais douté que c'était pour toujours.

L'HOMME, *soudain durci lui aussi.*

Payé comptant, le petit jeune homme, avec l'argent des Delafond? Propriété inaliénable! On sait le droit de naissance dans la famille!

LA JEUNE FEMME, *plus doucement.*

Tu es injuste en ce moment.

L'HOMME

Je m'étais mis à étouffer auprès de toi.

LA JEUNE FEMME

Peut-être, mais j'étais ta femme.

L'HOMME

Parce qu'on avait signé le papier ? J'étais d'une race, moi, la suite te l'a appris, où on ne s'embarrasse pas beaucoup des signatures.

LA JEUNE FEMME

Pas seulement parce qu'on avait signé le papier.

L'HOMME

Parce qu'on l'avait dit à la chapelle, à ce vieux bonhomme déguisé avec sa tête d'employé de bureau fatigué qui se dépêchait parce qu'il avait encore un enterrement à bâcler avant son repas de midi ?

LA JEUNE FEMME

Ce n'est pas à lui qu'on l'avait dit.

L'HOMME *a un petit rire rageur.*

A Dieu peut-être ? Il faut toujours dire « peut-être » avec celui-là ! *(Il continue, mauvais :)* Et si un matin, la fille tendre de la nuit n'est plus qu'un petit notaire sûr de ses droits, comme sa mère et sa grand-mère, comme toutes les bonnes femmes à dot de la tribu — et qu'on se demande ce qu'on fait là ?

LA JEUNE FEMME, *dure, nette.*

Elle est tout de même ta femme parce que tu l'as voulu. C'est ce jour-là, qu'il fallait y penser.

L'HOMME *a encore un rire mauvais.*

Vous avez tout prévu ! Ah ! quand vous faites un contrat, vous ! *(Il la regarde encore et crie soudain, comme angoissé :)* Je n'étais pas de votre race ! Ni de celle du vieil oiseau de proie qui m'avait fait, une nuit de plaisir, par hasard. Ni de celle des pauvres petits truands minables de l'orchestre. Et il fallait bien être quelque chose ! *(Il va au Commissaire, violent :)* Allez ! On a assez parlé comme ça. Cela devient dégoûtant. C'est écœurant les mots ! Je suis Frédéric Walter. Je reconnais tout — et même je vous en raconterai d'autres. J'ai tout fait ! Mais c'est fini, enfin ! J'ai droit au repos. Embarquez-moi maintenant et foutez-moi dans une cellule où je serai seul. Cela ne changera d'ailleurs pas grand-chose.

Il lui tend ses poignets comme à la fin de l'acte précédent.

Le Commissaire ne bouge pas, les mains dans les poches de son imperméable, souriant.

LE COMMISSAIRE

Je vous ai déjà expliqué que je n'avais pas de menottes, Frédéric Walter. Et ce n'est pas de cela qu'il est question.

L'HOMME *crie, désemparé.*

Je vous dis que je veux être seul !

LE COMMISSAIRE, *doucement.*

C'est fait. Avec une certaine figuration, comme pour tout le monde... Regardez tous les personnages de votre vie autour de vous. Il manque quelques faux amis, quelques filles oubliées, mais le compte y est presque.

L'homme les regarde tous autour de lui comme égaré.

Il avise soudain la grande fille, un peu ingrate, et lui demande, brusque, l'empoignant :

L'HOMME

C'était toi, la fille ?

LA FILLE

Oui.

L'HOMME, *comme s'il cherchait à se souvenir.*

Marie-Christine ?

LA FILLE

Oui.

L'HOMME, *murmure la regardant aigu.*

Déjà fardée comme une petite pute bien élevée ?

LA FILLE, *dure.*

Vous ne m'avez revue qu'à seize ans, par hasard.

L'HOMME

Cette petite chose grouillante et chaude qui grimpait sur moi le soir, qui se frottait déjà amoureusement comme une petite chatte c'était toi ?

LA FILLE

Oui.

L'HOMME, *avec une imperceptible faille dans sa dureté.*

Tu avais les yeux de l'amour. Toi seule, je crois bien. En regardant tes yeux posés sur moi à trois ou quatre ans, j'ai failli croire et accepter. Montre-les, tes yeux ?

LA FILLE *le regarde calme et,*
après un silence
où il la scrute douloureusement,
elle lui dit simplement, dure.

J'ai grandi.

Il s'est retourné avec une sorte de crainte vers le garçon.

L'HOMME *demande, brusque.*

Elle t'avait appelé comment, toi ?

LE GARÇON *le regarde, dur, il dit seulement.*

Qu'est-ce que ça peut bien vous faire ?

L'HOMME *murmure comme pour lui.*

Tu es né après mon départ et je ne sais même pas ton nom.

Un silence.

Il a un geste ébauché à la mâchoire du garçon et dit avec son mauvais sourire.

Un visage de fille... Mais il a tout de même ma mâchoire !... *(Il crie soudain comme égaré :)* Alors, on recommence toujours tout ?

LE COMMISSAIRE, *doucement.*

Je le crains.

L'HOMME, *les regarde*
encore tous autour de lui comme traqué,
il crie soudain,
relevant machinalement son col.

Qu'est-ce qu'on fout dans cette église déserte ? Il fait froid !

LE COMMISSAIRE, *doucement.*

Vous allez forcément avoir un peu froid, Frédéric Walter, et à cela personne ne peut rien. Vous êtes mort et vous êtes en train de vivre la petite seconde éternelle, dont je vous ai parlé... Vous vous rappelez ? La petite seconde le cœur arrêté où le sang irrigue encore une fois le cerveau si ma modeste théorie est juste. *(L'homme le regarde, il continue :)* En ce moment vous êtes couché au bord du fossé sur la Nationale 143. Votre voiture, à quelques mètres de là, achève de brûler contre un pylône. Vous avez eu un accident en fuyant — une dernière fois. Les flics vous ont rejoint, vaguement soulagés et embêtés, en même temps, — c'est toujours embarrassant la mort —, ils essaient d'arranger, du mieux qu'ils peuvent, la couverture sur votre corps déchiqueté et, la dernière chose vraie que vous aurez vue, aura été leurs deux grosses gueules ennuyées d'imbéciles, penchées sur vous... Un petit résumé du sens de la vie, en somme !... Nous, nous ne sommes que des images dans votre dernier souvenir.

L'homme est resté interloqué, seul au milieu de la scène sous le regard gêné des autres.

Il demande soudain comme un enfant naïf :

L'HOMME

Qu'est-ce qu'il faut que je fasse ? Il faut que je m'étende ? Je ne sais pas comment on fait ça...

LE COMMISSAIRE, *désemparé soudain lui aussi.*

Je ne sais pas non plus. Peut-être vaudrait-il mieux vous étendre en effet...

L'homme hésite un peu, maladroit, touchant. Il avise soudain le petit et l'appelle.

L'HOMME

Hé, petit ! *(Le petit s'avance, il lui prend le bras et aussi celui du jeune homme.)* Et toi aussi, mon grand ! On a peut-être encore le temps de lui faire son affaire tous les trois ensemble. Cela me ferait plaisir avant de m'en aller.

LE PETIT *demande.*

On va lui faire boire quelque chose ?

L'HOMME *a un sourire.*

Non. Ça ne réussissait jamais ton truc ! Les mains. Cela suffit. *(Il demande, complice, au jeune homme :)* Pas vrai, mon grand ? *(Il le regarde souriant et lui dit soudain grave :)* Tu sais, je t'ai engueulé, je t'ai traité de petit jouisseur, de petite brute égoïste... Mais tu étais si malheureux et tu cherchais toi aussi. On cherche tous. Et quand on trouve... *(Il n'achève pas, il a un petit geste à sa tête, relevant sa mèche.)* Toujours ta mèche ? Tu y tenais... C'est drôle : tu es comme mon grand fils, maintenant...

LE PETIT *qui a été écouter au fond revient.*

Le voilà qui vient ! On a dû faire trop de bruit. Il nous a entendus.

L'HOMME, *comme un garçon avec d'autres garçons.*

Attention les gars ! Cette fois il ne faut pas rater notre coup ! *(Au petit :)* Toi, tu te jettes par terre et tu lui tiens les jambes. Le grand lui prend les bras derrière le dos et le maintient.

LE PETIT *demande.*

Vous ne voulez pas que ce soit moi qui serre ? C'est à moi que cela a fait le plus de mal.

L'HOMME

Non. Tu es trop petit. C'est moi qui m'en charge. Il ne s'agit pas de le rater, cette fois. Laisse-le avancer un peu et puis tu te jettes sur ses jambes.

Attente. Ils sont tous les trois à l'affût. L'homme demande au petit :

Tu n'as pas peur, petit ?

LE PETIT

Non.

Attente encore.
Puis l'homme murmure :

L'HOMME

Qu'est-ce qu'il fout ? Fais un peu de bruit pour l'obliger à venir voir. Fais tomber une chaise sur les dalles.

Le petit fait tomber une chaise qui résonne étrangement sur les dalles de l'église.

L'HOMME *qui tend l'oreille.*

Attention !

On entend un pas sous les voûtes. Le vicomte de Lépaud surgit nu, une épée à la main. En vérité, c'est un sabre de samouraï et c'est Alberto Bachman, un masque japonais grimaçant qu'il tient devant son visage, mais on ne s'en apercevra pas tout de suite.

LE VICOMTE DE LÉPAUD

Qu'est-ce que c'est ? Qui est là ?

Ils se sont jetés tous les trois sur lui. Ils le maintiennent.

L'homme va l'étrangler.

Courte lutte.

Il perd son masque, son sabre.

Ils tiennent Alberto Bachman qui hurle, minable :

ALBERTO

Qu'est-ce que vous me voulez ? Qu'est-ce que vous me voulez ? Vous êtes cinglés, non ? J'avais décroché ça du mur de l'auberge, histoire de rigoler... Laissez-moi au moins passer ma culotte ! Je suis à poil ! Qu'est-ce qui vous prend, tas de sauvages ? J'étais avec une poule, quoi ! C'est pas un drame ! On a tout de même le droit de faire l'amour ! C'est pas une mineure ! Elle est consentante. Lâche mes jambes, toi, sale graine de petit con ! Aïe ! *(Il crie à l'homme, minable :)* Chef ! Faites-le arrêter le môme ! Il me mord le mollet !

L'HOMME, *soudain désarmé.*

Laissez-le.

ALBERTO *que le petit a lâché, frottant sa jambe.*

Vous êtes grand, vous ! Enfin quoi, on est entre hommes ! Il ne faut tout de même pas en faire un plat ! Les histoires de fesses ça ne tire pas tellement à conséquence... Et puis je ne suis pas un mauvais homme, bon Dieu ! Le petit, je ne lui ai jamais fait de mal... Et avec toutes les saloperies qu'il m'a fait boire, le petit cochon, avouez que j'aurais eu le droit ! Au début, je l'aimais même bien, moi, le môme... La preuve, j'avais commencé à lui apprendre à souffler dans mon saxophone, un soir où il ne m'en voulait pas trop...

L'HOMME, *au jeune homme qui le tenait encore.*

Lâche-le.

ALBERTO, *soulagé, crie à la mère.*

Passe-moi ma robe de chambre, toi, au lieu de rester là, plantée comme une gourde ! J'ai l'air d'un con, moi, à poil !

La mère s'affaire humble, elle l'aide à s'habiller, l'embrasse pour le calmer.

LA MÈRE

Calme-toi, mon gros loup.

L'homme les regarde désemparé, il murmure soudain :

L'HOMME

Pauvre type... A la fin on se met aussi à comprendre les autres. C'est peut-être pour ça qu'on se sent tellement fatigué.

LE COMMISSAIRE *qui a tout observé tranquillement.*

Il vaudrait peut-être mieux vous étendre...

L'HOMME, *maladroit, touchant, regardant autour de lui désemparé.*

Où ? Il n'y a rien dans cette foutue église...

LE COMMISSAIRE *embarrassé.*

Je ne sais pas. Par terre peut-être, sur les dalles... On va mettre quelque chose pour votre tête...

Il a fait un signe au jeune homme qui enlève son imperméable qu'on roule en boule et qu'on pose par terre.

L'HOMME *désemparé.*

Alors, vous croyez qu'il vaut mieux que je m'étende ? Je n'aimais pas me coucher. J'avais peur de m'endormir avant qu'elle rentre... *(Il demande inquiet, assis par terre, n'osant pas encore s'étendre, comme un enfant :)* Est-ce qu'on entend l'orchestre dans le parc ?

LA MÈRE *s'est avancée, elle lui dit doucement, avec une petite caresse à son front.*

Non. L'orchestre ne joue plus... Tu peux dormir. Je suis rentrée.

L'HOMME *regarde cette jeune femme penchée sur lui souriante, il murmure un peu gêné.*

Maman... mais c'est ridicule. Je suis plus vieux que vous... J'ai les cheveux blancs...

LA MÈRE, *gentiment apaisante, la main à son front.*

Mais non... Qu'est-ce que tu racontes encore ? Tu est tout brûlant. Tu as le délire... Tu es encore petit, je suis rentrée et tu peux t'endormir... Ce soir je ne sortirai pas de la chambre...

L'HOMME, *soulagé dans un soupir.*

Ah, bon... *(Il dit douloureusement soudain avec une voix de petit garçon :)* Pourquoi il m'a fait sortir, le gérant ?

LA MÈRE, *doucement.*

C'est un homme grossier et vulgaire. Mais il faut être plus fier qu'eux... Tu es le fils d'un prince.

Les gens de l'orchestre se sont groupés autour de lui.

Le vieux veilleur de nuit du début de la pièce, qui était mêlé à eux s'avance, s'accroupit près de lui et lui dit gentiment :

LE VEILLEUR DE NUIT

Et puis tu sais, petit, il ne faut pas avoir honte d'être avec les musiciens... Les musiciens, c'est des artistes... Ils ont l'air un peu minables, comme ça, mais c'est des artistes tout de même... Ils ne pensent pas qu'à gagner du fric, comme les autres... Le gérant, il se croit un monsieur, mais c'est rien qu'un miteux qui vend de la limonade... Et les clients du Casino, pareil ! Tous des miteux qui vendent quelque chose... Les musiciens, ils ne vendent rien, que du vent. Ils grattent leurs cordes, ils soufflent dans leurs petits tuyaux, et ils font bouger le vent... C'est ça, la musique... Eux aussi, c'est des princes... Moi, ils m'ont toujours épaté, les musiciens ! J'aurais voulu faire de la musique ! J'aurais voulu faire de la musique si j'avais eu les moyens d'étudier...

L'HOMME, *avec un sourire apaisé.*

Oui. Vous me racontiez toujours ça, pour me consoler, quand je venais vous retrouver la nuit... *(Il demande soudain :)* Tu es là, petit ?

LE PETIT *s'avance.*

Oui.

L'HOMME

Bon.

Il regarde soudain quelque chose fixement. C'est la petite fille de la cathédrale dans la foule.

Elle s'avance souriante et lui dit doucement :

LA PETITE FILLE

Je suis là, moi aussi. Et moi je t'aime. On ne sera jamais plus seuls quand on sera mariés.

L'HOMME *a un sourire un peu triste,*
comme s'il savait tout,
mais il soupire apaisé.

Non. On ne sera jamais plus seuls... (*Il dit soudain d'une autre voix, calme, s'étendant :*) On s'en fait un monde ; mais au fond, c'est facile...

LE COMMISSAIRE, *doucement.*

Mais oui, c'est facile... C'est comme pour tout. Il suffit de dire oui.

L'homme a fermé les yeux.

On entend fantomatique au loin la sirène d'une ambulance qui avance quelque part sur une route...

Il y a un temps assez long où tout le monde le regarde sans oser bouger, puis une des filles de l'orchestre murmure à l'autre :

LA FILLE

Merde ! C'est pas gai la fin !...

L'AUTRE FILLE

Non, mais c'est beau tout de même... Et puis, de

toute façon, on sait que c'est pas vrai. C'est qu'une histoire... Dans la vie, ça ne se passe jamais comme ça.

Le rideau tombe lentement sur le groupe immobile. La musique du « Pas des patineurs » de son premier bal d'enfants a repris doucement, pendant que la lumière baisse sur le groupe immobile, jusqu'au noir.

FIN DE L'ARRESTATION

DU MÊME AUTEUR

Aux Éditions de la Table Ronde

L'ALOUETTE.

ANTIGONE.

ARDÈLE OU LA MARGUERITE.

BECKET OU L'HONNEUR DE DIEU.

CÉCILE OU L'ÉCOLE DES PÈRES.

LA FOIRE D'EMPOIGNE.

LA GROTTE.

L'HURLUBERLU OU LE RÉACTIONNAIRE AMOUREUX.

L'INVITATION AU CHÂTEAU.

MÉDÉE.

FABLES.

ORNIFLE OU LE COURANT D'AIR.

PAUVRE BITOS OU LE DÎNER DE TÊTES.

LE RENDEZ-VOUS DE SENLIS.

LA VALSE DES TORÉADORS.

LE BOULANGER, LA BOULANGÈRE ET LE PETIT MITRON.

CHER ANTOINE OU L'AMOUR RATÉ.

LES POISSONS ROUGES OU MON PÈRE, CE HÉROS.

NE RÉVEILLEZ PAS MADAME.

LE DIRECTEUR DE L'OPÉRA.

TU ÉTAIS SI GENTIL QUAND TU ÉTAIS PETIT.

MONSIEUR BARNETT suivi de L'ORCHESTRE.

LE SCÉNARIO.

CHERS ZOISEAUX.

LA CULOTTE.

LA BELLE VIE suivi de ÉPISODE DE LA VIE D'UN AUTEUR.

LE NOMBRIL.

LÉOCADIA.

PIÈCES BRILLANTES.

PIÈCES COSTUMÉES.

PIÈCES GRINÇANTES.

NOUVELLES PIÈCES GRINÇANTES.

PIÈCES NOIRES.

NOUVELLES PIÈCES NOIRES.

PIÈCES ROSES.

PIÈCES BAROQUES.

PIÈCES SECRÈTES.

PIÈCES FARCEUSES.

Impression Bussière à Saint-Amand (Cher),
le 26 février 1988.
Dépôt légal : février 1988.
1er dépôt légal dans la collection : octobre 1986.
Numéro d'imprimeur : 3804.

ISBN 2-07-037774-1./Imprimé en France.
Précédemment publié aux Éditions de La Table Ronde
ISBN 2-7103-0296-9

42878